孩子，我完全相信

王悦微——著

中信出版集团 | 北京

图书在版编目（CIP）数据

孩子，我完全相信 / 王悦微著. -- 北京：中信出版社，2021.1（2021.10重印）
ISBN 978-7-5217-2629-9

Ⅰ. ①孩… Ⅱ. ①王… Ⅲ. ①散文集－中国－当代
Ⅳ. ①I267

中国版本图书馆CIP数据核字(2020)第256868号

孩子，我完全相信

著　　者：王悦微
出版发行：中信出版集团股份有限公司
（北京市朝阳区惠新东街甲4号富盛大厦2座　邮编　100029）
承 印 者：北京诚信伟业印刷有限公司

开　　本：880mm×1230mm　1/32　　印　　张：10.5　　字　　数：250千字
版　　次：2021年1月第1版　　印　　次：2021年10月第2次印刷
书　　号：ISBN 978-7-5217-2629-9
定　　价：49.80元

出　　品：中信儿童书店
图书策划：知学园
策划编辑：姜晓娜　　责任编辑：陈晓丹　　营销编辑：张超　李雅希　王姜玉珏
封面设计：刘潇然　　内文排版：王莹
内文插图：翟砚军　　封面插图：窦卫良

服务热线：400-600-8099
投稿邮箱：author@citicpub.com

我完全相信

这个世界上，真的有龙猫

坐在高高的树梢上

只不过

我们这些大人已经看不见了

而小菜、果果，所有的小孩

他们都还看得见

再版序

我做班主任

上小学的时候，班主任是一位清瘦而慈祥的中年妇女，姓徐。有一天，她在教室里给我们放一首歌听，叫《长大后我就成了你》。我听着很纳闷，心想，你就是你，我就是我，长大后我怎么就会成为你？

那时候不会想到，有一天，我真的会成为一个小学老师，还做了班主任，就像徐老师那样。

古诗里说，随风潜入夜，润物细无声。果真是如此的。在我的小学阶段，班级里有个同学，眼睛患有残疾，几乎看不清东西，作业自然也写得乱七八糟。他的母亲智力残疾，无法妥帖地照顾他，所以他身上经常散发着难闻的气味。年少无知的我们，给他起外号叫“脏猫”。有一天，这个同学跟人打赌，说能跳过那个粪池。结果，他跌了进去，裤子上沾满了粪便。我们大叫着跑开，嫌他又脏又臭。只有徐老师，她不嫌脏也不嫌臭，也没骂他一句，而是把他领到水龙头前，仔细地帮他擦拭，还拿来了自己儿子的裤子给他穿。

这么多年过去了，徐老师蹲在水龙头前帮他擦裤子的情景，我还历历在目。再后来，我也遇到了这样的学生。他叫小彪，父母是外乡人，在菜市场卖菜，忙于生计。小彪也像我当年的同学那样，经常脏兮兮的，脸上还能看到早饭的内容。每次看到他脏，我都会给他擦脸，帮他剪指甲。做这些事的时候，仿佛也体会到了徐老师那时的心情。

童年会贯穿一生，并成为生命的底色。一个人在童年时得到过尊重、信任和关爱，成年后会活得自信而舒展。从这点来说，小学班主任这份工作确实意义深远。

一个班级就仿佛一个小小的王国，尽管孩子们也有淘气偷懒的时候，但整体来讲，这是一群目光纯净、是非分明的人。面对台下几十双如此澄澈的眼睛，你无法不对这些小小的灵魂心生敬畏，无法不谨言慎行，公平有加，因为你清清楚楚地明白自己作为老师，说出的每一句话，做的每一件事，在全身心信赖你仰仗你的孩童面前，有着多么重大的分量。

刚工作的时候，热情澎湃，希望带出一个各方面都优秀的班级，但事与愿违，接手的那个五年级班级，学生并不服我，我连个卫生工作都管不好。在失望和痛苦中慢慢摸索，在漫长的时间里渐渐成长，我体会到，想带好班级，就要看得远大，做得细微。

比如说从打扫卫生开始。

卫生状态对一个班级的精神面貌和对学生的心理暗示是很大的。走到一间教室，窗明几净，干净无尘，一切都井井有条，学生在这样的氛围里学习、生活，油然而生一种秩序感、认同感。那么，如何管理好卫生呢？常规来讲，就是做好值日分工，让每个孩子都有活儿干，明确责任。然后，要教他们，指导他们如何又快又好地劳动。

这些都是制订计划、动动嘴皮子的事，但我想说，真正的落实远不止这些。最要紧的，是身为老师的亲力亲为。“跟我上！”和“给我上！”是两种截然不同的感受。我带着孩子们一起劳动，手把手地教他们最有效率的劳动方法，最脏的角落，我亲自示范打扫，鼓励孩子们跟上。为了培养良好的劳动纪律，我没有叮嘱完他们就走，而是常常跟他们在一起，全程参与，让他们逐步养成专注于自己的工作，不去打打闹闹的好习惯。每次放学后的班级劳动，每半个月一次的大扫除，我都全部浸入。

另外，每天巡视班级卫生，在孩子们安静学习时，我拿着扫帚畚斗小扫一下，这是我的日常工作习惯。也要监督好孩子们的个人卫生，教他们如何保持自己抽屉和书包的整洁，让他们明白所谓卫生，不仅是对教室环境的要求，也是对个人小环境的要求。

以上都是些细细碎碎的事，做到几分，其实也没有什么严格的标准，但我所崇奉的是，多做点，总会好一点。

做班主任很像是农夫种田，你没事总往自己的地里转悠转悠，时不时随手拔个杂草，浇点水，哪怕什么也不做呢，就坐边上看看它们，陪陪它们，庄稼也能在你的关照和期待里长得更好些。

所以，卫生劳动方面如此，其他亦然。作业、出操、吃饭、家访，每一项都是费心费时的事。应付总有应付的办法，但我还是觉得，身为老师，要对学生和他们背后的家庭多一些责任感，这是一份育人的工作。童年只有一次，是无法重来的，你所做的一切，都会成为这个孩子未来的一部分。为此，还是要诚恳一些，多做一些。

当然，做班主任，仅仅下苦力是不够的，还需要技巧。因为刚工作的时候，在学生那里碰了不少钉子，迷茫之余，也去看了不少班主任辅导书。这些书里有各种各样的案例，也有应对的建议，都非常好，也给了当时的我不少启发。不过，人最重要的还是自我成长，只要你一直在学习，一直在反思，时间长了，这种积淀带来的改变是很明显的。

首先要成为一个人格健全、思想宽广的人，才能做好一个老师，一个班主任。从这点来讲，要做好班主任，就不能只看班主任书籍，而是要广泛地看，全面地学习。

比如有一次，我在学校里捡到一只奄奄一息的小鸟。本想和学生们一起救助这只鸟，但它很快就死了。我就带着孩子们，在操场的某个角落里挖了一个坑，把小鸟埋了。学生们还纷纷采了花草来给小鸟装饰坟头。但到了下午，这只死鸟就被人挖了出来。当有学生气愤地来告状的时候，我带着他们，再次把小鸟埋好，并给他们读了作家李娟在《羊道·深山夏牧场》中的一段话："当汽车经过穆斯林墓地时，不管是什么样的哈族司机，不管老的少的，不管是严肃踏实、爱听阿肯弹唱的中年人，还是染了红毛、整天沉浸在震天吼的摇滚音乐中的小青年，都会郑重地关闭音乐，等完全经过墓地后才重新打开。关掉又打开，也就几十秒时间，我从没见过一次被含糊过去的。敬重先人，敬畏灵魂的话，心灵的洪水再怎么肆虐也不会决堤……"

读完这段话，我问学生："你们听懂老师的意思了吗？"学生回答说懂了，老师是想告诉我们，小鸟也有灵魂，死去的小鸟灵魂应该得到安息，不应该被打扰。我点头说是的，你们回答得很好。然后，我就没再多说什么。

儿童是好奇的，有时会因为好奇而做出傻事，甚至犯恶，但我们还是不要轻易从道德角度来对他们做出批判，还是要教他们。无论是学科知识，还是对死亡的认识，我想这些都同等重要。

同样地，也要在他们情感萌动的时候，给他们正确的情感教育、性教育。高年级的学生，私底下已经有不少"绯闻"的流传，甚至有学生偷递情书。但情书交到我这里的时候，我给学生们上了一堂课：爱情。所有的学生在看到这个标题时都笑了，带着羞涩和好奇。我想，只有我们老师自己坦荡，学生才能对这个话题坦荡。我带他们读了王小波和李银河的情书片段，告诉他们爱情是人生重要的一部分，罗素说，这是人生重要的三种动力之一。向往爱情并不羞耻，在十几岁的年纪，如何正确地认识并理智地处理自己的这种萌动，是一门值得学习的功课，老师会倾听你们，陪伴你们。

李娟和王小波都是我喜欢的作家，我看过他们的很多书，但在看那些书的时候，我也不会想到，有一天，他们的文章会成为我对学生进行教育的材料。心中有书，无惧风雨，一直保持阅读和思考的老师，在处理学生问题的时候，会更从容，更有办法。这也是教育的本质：一棵树摇动另一棵树，一朵云推动另一朵云，一个灵魂唤醒另一个灵魂。

你自己得是醒着的灵魂，你才能去唤醒他人。

我曾渴求师道尊严，希望自己能成为一个掷地有声的老师，但现实并不如人所愿，你越想对学生表现出一种威严，学生往往并不买账。我渐渐认识到，所谓威严，并不是以教师的身份强压学生，而是你自身的智慧、气度带来的认同。

我在班级里开设老师信箱，鼓励每一个感到迷茫的孩子给我写信，敞开心扉，我也真心实意地给他们写洋洋洒洒的回信；我阻止学生的告密行为，告诉他们人要相互尊重，相互信任，而不能出卖同伴；我成立班级小法庭，试着把一些纠纷的处理权下放给学生，学生果然自己也有模有样地选出了陪审团和法官，学着来公平发言辩论，实现自我管理；班级里举行各种有趣的活动，"双胞胎日"、看望抗战老兵、上街义卖，孩子们在这些活动中得以体验童年的丰富，加深了彼此的合作，也更增进了对班级的感情。

蔡元培在《教育独立议》里写道："教育是帮助被教育的

人，给他们能发展自己的能力，完成他的人格，于人类文化上能尽一分子的责任，不是把被教育的人，造成一种特别器具。”我在少年时有过很多伟大的梦想，要做文学家，要做科学家，却没想过，有一天能做孩子王。身为一介读书人，也难免有些家国天下的情怀，希望这平凡的一生能对世界有所意义。做小学老师，做班主任，就是在日常的琐碎细微里，看着孩子们一批批地成长起来，成为一个好人，一个智者，从而寻找到自己生命的价值。

我曾从过往老师那里得到的，我也给予我的学生；我的学生，也必将传递给他们的学生。人类文明之所以能这样千百年来生生不息，就是因为这样代代传承，就是因为“长大后我就成了你”。从这点来讲，班主任这份工作，真是有无上的荣光。

目录

1 孩子星球
当世界年纪还小的时候

春天到来的时候，空气仿佛一夜之间就变得香甜了，这样的季节，坐在教室写作业是多么残忍。于是我们下楼去放风筝。学校的操场不大，学生们拉着风筝一圈圈拼命地跑，还是放不上去，风筝在屁股后头打转。学生写道："我喊了声放，小智就像条野狗一样，飞快地跑了出去。"

2 师生之间

最初的秘密和最软的梦

我问坐在身边的奔奔："小胖子，你知道什么叫浪漫吗？"奔奔笑得咧开了嘴，门牙还缺了一颗："浪漫呀，我不知道。嗯，大概就是我这样和王老师一起坐在树下看桂花吧。"呵，这高远高远的秋天啊。

3 校园内外
送你一列绿皮火车

我在教室里发呆，学生在下面窃窃私语："王老师生气啦。"我说："王老师不开心呀，你们给我唱个歌吧，我就高兴了。"他们就在下面拍着手唱歌："时间就像小马车，嗒嗒嗒向前跑。"多么好的小人儿呀。

4 家校共育

陪伴是最长情的告白

“那时，我跟着奶奶学说话走路，什么事都会跟奶奶说，比如今天在幼儿园里画了什么，吃了什么，玩了什么，睡得香不香，做了什么梦。妈妈说：‘奶奶昨晚去世了。’我的眼泪如瀑布一样流下来，我的心百分之百地被打碎了。奶奶，清明的时候我们还会见面，真希望你变成幽灵，可以陪着我。”唉，改得我要哭了。

5 家长信箱
谁都不是“熊孩子”

小宇同学前几天说要给我带一本很好看的书，今天终于带来了，是灰谷健次郎的《兔之眼》。大致翻了一下，讲的是老师如何关爱坏孩子的故事。早读课时，我特地在他面前认真地翻读这本书。他走过去，装着不经意的样子瞄了我和书几眼，面有喜色。嘿嘿，这个坏小子，平时常挨我批评，想给我洗洗脑吗？

6 回忆点滴
那些光芒闪烁的日子

有时，学生们出去上体育课了，我独自在教室里坐着，发发呆，或是改改作业。秋风从敞开的窗子里吹进来，桌子上的书页哗啦啦地翻着，教室里空荡荡的，桌子椅子仿佛和我一起等着他们回来。

后记

那些调皮的天真的时刻，

是一生中闪闪发光的珍珠。

1 孩子星球

当世界年纪还小的时候

春天到来的时候，空气仿佛一夜之间就变得香甜了，这样的季节，坐在教室写作业是多么残忍。于是我们下楼去放风筝。学校的操场不大，学生们拉着风筝一圈圈拼命地跑，还是放不上去，风筝在屁股后头打转。学生写道：“我喊了声放，小智就像条野狗一样，飞快地跑了出去。”

想开法拉利的男孩

科科是一个很典型的小男孩，黑黑瘦瘦的，也不高，坐在班级的第一排。之所以说他典型，是因为在我的印象里，影视剧或小说里的男孩子就是这样的：不爱学习，总是被留下来补作业；顽皮、淘气、打架、欺负女孩子，总是受伤；总是被批评，总是不改正。

尽管总是被批评，而且被各门功课的老师轮番批评，科科却是班里笑得最开怀的小孩。我仔细观察过，他笑起来，从头到脚都在颤抖，笑得极其投入，嘴巴张得很大很大，所有牙齿，包括那颗被蛀掉的大牙，都露出来了。那个样子，很像一匹马。

他在班里有个外号，叫疤脸。顾名思义，就是脸上有很多伤疤。既有久远的幼儿园时代留下来的，也有新添的；既有跟别人打架得来的，也有自己摔伤的。好在这些伤疤都比较浅淡了，影响不大，他整体上看起来还是比较帅气的。

他最明显的那个伤疤在脸颊上。一年级时，某天中午，他偷偷独自去学校操场的双杠上玩。别人都是挂在杠上荡一荡，他倒好，也不知道怎么爬上去的，颤颤巍巍地站在了双杠上，想秀下杂技。结果一个没站稳，摔下来了，满嘴都是血，号啕大哭着来找我。教学楼走廊上都是他的血，送到医院，缝了好几针，整个脸颊都摔坏了，真是太可怕了。一直到现在，同学们在遇到“一件难忘的事”这类作文题时，还会纷纷回忆起科科的那次重大受伤事件。

经历过这样的险境，其他的伤就无足挂齿了。比如他最近新添的那道伤口，在脸上留下一道浅浅的血痕，我问他：“是不是又跟别人打架了？”他满不在乎地告诉我：“是啊，他们四个打我一个！我把他们都打趴下了！所以我还是划算的！”

与老师们和女生们的评价标准不同，科科在男孩群里还是很有号召力的，大概是男性与生俱来有对野性和力量的崇拜吧。他手下也有一帮“小弟”，他们搞了个“地下黑社会车队”。这个名字听起来很唬人，其实就是一群未满十二周岁不被允许骑车上街的男孩子，只好到某小区的地下室去骑自行车而已。科科把这看作很荣耀的事，在周记本里得意地向我描述：“我是老大，开业那天，我们点起了火柴，当作开业的焰火。为了补充能量，所有成员都必须交零食上来，我来保管。因为我是队长，所以我可以尽情地吃。”

听说后来另一拨男生也成立了类似的车队，但人员比较少。两个“地下黑社会车队”之间有过冲突，因为其中某一个队员叛变，科科队长要求前去惩罚叛徒，收拾对方。他们也带了武器去的，就是在学校附近小摊上买的巴掌大的塑料刀枪。

这样霸气威风的“黑社会老大”，到了我面前，也是唯唯诺诺，叫留下补作业就补，不敢逃走，平时偶尔叫他帮我倒个垃圾，他还欢天喜地。这样想想，我这个老师才是本班最大的霸主呢，哈哈哈。

实际上，我很喜欢科科，他真的是个绝顶聪明的小孩。语文课上，其他学生不会的问题，抛给科科，往往能得到意想不到的好答案。

第一次发现这点，是在三年级的时候。有一天下午，正是春末，空气里弥漫着花香，我心血来潮，文艺心情发作，在黑板上写了一句词：“流光容易把人抛，红了樱桃，绿了芭蕉。”让学生一起读。读完以后，我随口问他们：“谁能来说说，这句话是什么意思？”本来也没期待学生能说出什么来，还小呢，十岁都不到。没想到科科举起手来，说：“你前几天不是说过吗，以前读书的时候坐在你前面的男孩子，你过了十几年又碰到了，他已经变成了一个大胖子。我觉得这就是流光容易把人抛。”

没想到他的悟性这么好，我大感惊讶，久久地回味着他的答案，仿佛第一次认识这个小孩。

因为留了心，所以越发能发现这个小孩的不平凡之处。他很有经商头脑，利用自己中午能出校回家吃饭的便利，帮中午在校吃饭的学生带零食，收代购费，代购三次收一块钱。如果是好朋友，就不收钱，只要代购来的饮料给他喝一口就可以了。学校搞跳蚤市场，他去卖啤酒瓶盖子，很快就卖完了。他的方法是这样的：在盖子上贴时新的动画片贴纸，专门挑一年级的学生去卖。他还跟好朋友搭伙卖，圈着一年级的小孩一唱一和，五毛钱卖两个瓶盖，一块钱卖四个，还送一个。

有这样的经济头脑是好事，不过就代购的事，我还是找他谈了话。学校里不准吃零食，这个是校规。但单纯就代购一事而言，应该禁止吗？同学之间，代购能不能收钱？说实话，我也没想明白。我们的教育中，似乎一直很避讳小孩对钱感兴趣，强调相互帮助、奉献之类的，总觉得小孩视金钱如粪土才是高尚的。但对赚钱感兴趣的小孩，难道就不是好小孩吗？大人都希望小孩长大以后有挣钱的本事，却从小不允许他研究挣钱的方法，这难道不是错位吗?

唉，我也搞不懂了。

科科的理想是发财，做大老板，开法拉利。思想品德课上，当他大声说出自己的梦想时，其他学生都笑起来。

“很好，有梦想是好事，祝你成功！”我对他说。

他最近有篇作文发表了，是他的考试作文，我帮他发给了杂志社。他得了五十块钱的稿费，这是他的第一桶金，他去买了一大罐牛肉干粒，请全班同学吃。所有的学生都兴高采烈，还一起鼓掌谢了他。他高兴极了，眼睛闪闪发光，小黑脸涨得红红的。

“你懂得分享，而且还这么慷慨，”我对他说，也对全班说，“你一定会是个很棒的大老板！”

我对他满怀信心。

“黑社会老大”阳阳

阳阳是个漂亮的男孩子，眼睛大大的，很有神采，即便是挨批评的时候，虽然垂着头，偷偷翻起的眼神里还是闪着聪慧而狡黠的光。

他是我们班的“黑社会老大”。

他手下的“小弟”不少，我曾在他某一次的周记里得以拜读：“全班武功最高的阿泽，我封他为吕布。他性格暴躁，从不屈服，是个名副其实的炸药桶，一点就着，如果你惹了他，呵呵，你就只能等着被摁在地上打。阿凯，他的武功也不差，以铁拳和钢头而著称，我封他为关羽，是负责我日常出行的前卫。小毛和大华是我日常出行的左右，前者封为赵云，后者封为张飞，因为他只知道猛冲猛打。”而手下的众多人员按什么分工封号，又如何团结他们呢？老大也有自己的算盘：“像吕布这样的人，我会用口才来拉拢他，比如套近乎，认亲戚，唠家常，聊时事等；对于关羽和张飞这样的莽夫，我就讲些他们听不懂的知识，以此让他们来崇拜我，再用谈游戏、教作业等来收买他们；像大宛马、丞相那些人，就一句话，也就是在他们有困难的时候，为他们解围，因为他们重情，知道知——恩——图——报这四个字。”

看看，还挺有领导才华的。

这帮家伙平时做什么事呢？一下课就呼啸着跑出去玩枪战，手指做枪，嘴里砰砰乓乓地发出枪声，整个教学楼都是他们的战斗场所，玩得上课铃响了都没听见，还要出去找他们；一大半的“黑帮”成员都是学困生，平时不好好写作业，考试后不及格的一串名单里全是他们；虽然他们是一个帮派的，但也会火并，尤其大多还战斗力很强，骂起人打起架来，场面很壮观，处理很头疼。

小孩交朋友的准则和大人不一样，家长会希望自己的孩子和成绩好的孩子在一起多玩玩，而他们只在乎对方和自己合不合得来，尤其男生，更在意自己的伙伴和自己是不是够哥儿们。

阳阳这么机灵的小孩，成绩却始终在中游打转，一度要跌到后半截去。妈妈自然很着急，多次来找我联系，也找阳阳谈话，希望他多和学霸们做朋友。阳阳却始终不愿丢下他的那些兄弟。他非常在意阿凯，因为有一次他受罚要抄课文，阿凯一直很耐心地等着他一起放学，还把他送回家，然后自己再回家。还有一次，阳阳受伤了，阿凯自告奋勇要做他的坐骑。阳阳深受感动，对小男孩们来说，这就是过硬的哥儿们情义啊。

杜甫说，擒贼先擒王。此言不虚，为了招安这个“黑社会”，我决定从老大入手。

第一招，就是主动示好。

我接手这个班后，第一封信就是写给阳阳的。这个男孩古灵精怪，心底冰雪聪明，平日里又见多识广，若不是一招制服，几个来回下来，岂不是要再而竭，三而衰?

我给他写了一封千把字的信。太短，显得我不真诚；太长，显得我太把他当回事，反露出了我的怯意。千把字的书信，正好一张纸，不多也不少，既有诚意，又有威严。

在信里，我肯定了他的优点，表示赞赏，也对他的顽皮不好学表示担忧，告诉他要珍重自己的才华。

阳阳拿到这封信时的心情，我两年后才知道。他在周记里写道：“王老师拿着信封走向我，说这是给我的信，我的心扑通扑通跳得很快。我心想，完了，肯定是向我爸妈告状的信。打开一看，嘿，是夸我的！我顿时非常开心。”

我在把这封信给阳阳后，只说了一句“老师给你写了一封信，里面有一些想对你说的话”，便什么也没说，事后也没去问。我大概是蛮害羞去直面情感的老师，虽然在信里对他关切有加，当面却很不好意思说。只不过，那封信成为奠定我和“黑社会老大”阳阳的情感基石，在那封信后，阳阳从没跟我当面唱过反调。虽然还是会调皮捣蛋，但那都是背着我的时候。

我一度也以为其实他也并没有那么坏，只是出于淘气而建立的这个“黑社会组织”。直到有一次我病休在家，学校里请了代课老师来上课。我很快收到代课老师的告状，说阳阳和他的三个“小弟”，上课期间大吵大闹，让老师上不下课去。他们甚至在课堂上公然扔纸飞机来羞辱老师，气得我马上冲到学校去抓他们质问。

被我喝令站在课堂里接受审问的“黑社会成员”们，一个个垂头丧气，承认了所有罪状。

“你们为什么要这样为难代课老师？”我余怒未消。

阳阳低着头说：“因为……我们想你。想用这样的办法把代课老师气跑，你就可以回来了……”

瞧，还挺重情的呢。我哭笑不得。不过我也领教了他们的威力，真能把人气死。

第二招，就是给他多戴高帽。

阳阳的作文写得很好，是那种文通字顺又特别好玩的文章，就像他这个人，天真、顽皮、有趣。我屡屡给他的作文打出高分，倒也不全是为了笼络他，是真觉得他写得好。每次在班级里读他的文章，都能看到他眉眼间隐隐的得意之色。

发自内心地欣赏孩子，认可孩子，才能真正得到他的心。

他写周记，写自己有一天闲逛小区，看到一只母猫分娩后死去，“我现在才明白生命的可贵，野猫虽卑微，也是生命的一种，在大自然中与我平等。我在河边采了一朵小白花，迈着沉重的步伐，走到它身边放下，并对它鞠了一躬”。

在这个十三岁男孩的心里，有怜悯，有慈悲，这是一种多么珍贵的品质。

第三招呢，就是公平、公平，还是公平。

男生们很多时候对老师的反抗和排斥，是因为觉得老师偏心，偏心女生，偏心成绩好的学生。要想让这部分男生服气，就一定要公正公平地处理他们中的各种纠纷，才能让他们对你心服口服。

然而这样的公平，又谈何容易?

一次小小的打架，就可能涉及四五个，甚至十来个学生之间的恩怨；这些学生之间的恩怨，往往不是这一次纠纷里的，会涉及上学期、去年的各种纠纷。

这些纠纷有时会非常小，比如一个男生说“我昨天打游戏赚了一百万金币”，另一个男生说“嘁，吹牛！”，那么他俩就可能你一言我一语地吵起来，吵着吵着就打起来，打着打着就会有人劝架，劝着劝着就会有更多的学生打起来。

有时战斗现场会很惨烈，桌子被推倒了，椅子被踢翻了，一众学生围着他们叫“别打了别打了”，那几位“英雄”有的哭，有的瞪眼，有的脸上挂彩。

怎么办？还得我这个班主任来收拾残局。

“跟我去办公室！”我一声令下，残兵败将们跟着我朝教室外走去。

激动的，先去洗把脸，清醒清醒；还在哭的，给张餐巾纸，去阳台上吹吹风。

然后站成一排，一个个来发言，把前因后果讲一遍。一个人发言的时候，其他人都不许打断。

一开始，有些学生会掩盖自己的过错，东拉西扯一番。我只有耐耐心心地听着，多听几个人说，找出言辞中的漏洞。撒谎的张口结舌，无法自圆其说，只有自己认错。

然后，按错误的不同程度，给他们不同的惩罚。

阳阳被我罚过很多次，罚抄课文，罚做值日，罚放学后练坐。开始几次还会来求饶，后来也不来求了，知道自己错了嘛，人总要为自己的错误付出代价的。

六年级很快到了。

为了帮助阿凯学习，我安排了阳阳和他做同桌。好哥儿们一起坐，算是个不错的学习动力吧？然而，他俩坐一起，开始了不停地讲空话，乱写作业。你看我成绩不好，我看你也不咋地，难兄难弟有了伴儿，阳阳的成绩直线下降。

我大发雷霆，把阳阳叫来狠骂了一顿。说到我对他的期望，以及他给我的失望，痛心疾首，恨铁不成钢。

阳阳不安地眨着眼睛，无可奈何的样子。

又把这个情况通报给他妈妈。妈妈亲自送来马鞭一根："王老师，这个小孩太不懂事，你收下这马鞭，以后只管抽他，我绝无二话！"

我把这根马鞭给他看："你看，这是你妈给我的。"

他抱起头来："啊，不要啊不要啊！"

阳阳的眼睛里闪过一丝狡猾的笑意，他知道，我不会真的打他。

大概是真的感觉到了时间在飞逝，自己离毕业考越来越近了，复习阶段，他的学习状态好很多，成绩也进步很大。说到底，还是个聪明小孩，领悟力好，稍一努力，就会很不一样。

小长假回来，我发现办公室的桌子上多了一样礼物。那是一个精美的牛皮盒子，上面还贴了一朵纸质的小雏菊。

“王老师，听说这种茶很好喝，我特地送给你的。”阳阳不好意思地来跟我说。

“嗬嗬，上面还有花儿呢，你做的啊？”我问他。

他嘻嘻一笑，跑了。

他妈妈后来告诉我，阳阳在家准备得很认真。

六月的蝉声叫得很长，考试结束后的校园显得空空荡荡。毕业典礼结束了，学生们三三两两地离开了校园。

他们走了，走向自己的未来，走向未知的明天。他们把童年留给了我。

最后一次看到阳阳，他和他的好哥儿们阿凯一起，在教室里打扫卫生。他们把自己一向乱糟糟的课桌整得干干净净，把地也扫好了。

“王老师，再见！”他们向我招手。

我突然发现，阳阳的个子比我还高了。

轻轻坐在你身旁

七八岁的小孩，也模糊地知道喜欢一个人。小豪的成绩属于中上等，按小孩子崇拜强者的心态，他并未被列入班级女生心目中的英雄行列。但是他长得很清秀，眼睫毛长长的，个子高高的，因为长得帅，所以也很得女生青睐。

我是逐渐发现小琪和小豪走得很近的。小琪坐在教室的最后排，跟小豪隔了一个走廊的距离，她有时会在上课的时候走过去，看看小豪的作业写好了没有，她对上课纪律还没有形成足够的概念。

上个月，我去她家家访，她奶奶向我告状，说有人把小琪的刘海剪了。这个奇怪的发型，参差不齐，我上午在学校就看见了，以为是她奶奶没给她修剪好，没想到是被同学剪的。我把她叫来问话，她开始哭，不肯说。

我心里猜到了几分，多半是小豪给她剪的。第二天在学校里一问，果然如此，而且还是小琪自己要求小豪给她剪的。

难怪她不肯说出小豪的名字，怕小男生被责罚呗。体谅到她的苦心，小豪承认后，我也就在班会课上笑了笑，没批评，就说这剪发技术太糟糕了，以后还是去店里剪吧。

元旦前，学校组织去电影院看电影，我们要坐车去。好不容易把一班学生安置好了，我刚坐下来松口气，突然发现小豪正和小琪说说笑笑地挤在一个座位上。因为人多座位少，我确实要求他们两个同学拼一个座位的，但我记得，并没有把他们两个人安排在一起啊。

小琪的脸上露出难得的文静的笑容来，他们在高兴地聊着天。

我跟副班主任老师相视一笑，都没去打扰他们，就当是一次平常的外出，平常的就座。

小鸟的葬礼

冬天好冷，我缩着脖子往办公室走。林老师叫住我："捡到一只鸟，你要养不？"

我接过来一看，还蛮漂亮的呢，黄绿色的羽毛，尖尖的嘴，眼睛又黑又亮，就是精神不振，小脑袋一直歪着。

我小心翼翼地捧着它往办公室走，路上遇到几个女孩子，看见我手里的鸟，她们又惊又喜，簇拥着我走。

小鸟被安置在窗台上，孩子们找来些布条给它做了个简易的栖身处，希望冬天的阳光能温暖这个小小的身体。可是不管孩子的目光如何热切，小鸟的眼睛还是慢慢闭上了。

我摸了摸它的身子："不行了，已经死了。"

顿时一片唉声叹气，小柔说："不行，我要哭了，小鸟太可怜了。"

我又说："咱们去操场上把它埋了吧。"

他们顿时又欢呼起来："好呀！好呀！"

我们前呼后拥地往操场走去，诗人宇还跑到门卫师傅那里借来了一把铲子。学校角落里种了不少柏树，树荫覆地，四季常青，树下泥土松软，是个安葬小鸟的好地方。孩子们郑重地把小鸟放在纸盒子里，给它盖上餐巾纸，然后围成一圈，低下头来开始为小鸟祈祷。

祈祷结束以后，我问蔚蔚："你刚才在心里怎么说的？"

她害羞地笑了笑，说："我祝愿它下辈子变成一个可爱的小孩，快快乐乐地长大。"

开始挖坑了。诗人宇个子最高，力气最大，这个时候就成了中心，大家都围在他周围，看他挥舞着手里的小铁铲子。小朱和侃侃没有铲子，就各去捡了一根树枝，也在一旁抠着泥土。

坑挖好了，该把小鸟放进去了。女孩子们恋恋不舍地跟小鸟说再见，伸出手来再次摸了摸它的小身子。

男孩子们一把一把地往坑里填着土。坑被填上后，诗人宇还跳上去踩了几脚，想把泥土踩结实，潇潇叫起来："轻点儿轻点儿！别踩痛小鸟！"

潇潇和几个女孩子去摘了些小果子摆在小鸟的坟头，小朱不知道从哪里捡了块白石头，挺光滑平整的，插在坟头，说给小鸟当墓碑。

孩子们又围着小鸟的坟头看了一会儿，然后站起身来，相互挤着挨着，说笑着，慢慢走回教室去了。

那只小鸟被葬下以后，我很快就淡忘了这件事。上课，收作业，批改，每天忙忙碌碌的，哪儿还有心思记挂那么多。

一天中午，我正在教室里埋头奋力批改作业，潇潇跑过来，生气地告状："王老师，我和小湘摘了些果子去祭拜小鸟，发现有人把它挖出来了！"

她气得脸都涨红了。我赶紧安慰她："那我帮你们去把小鸟再埋起来吧。"

她说："我已经把它埋好了。这次我捡到了一块很好的石头，给小鸟做墓碑，比上次的那块还要大。我还摘了一些黄色的小花，放在它的墓碑旁边。"

女孩子细致的小心思令人动容，"与这个世界温柔相待"，我曾这样对孩子们说过，我却做不到像潇潇那样，她经常在空闲的时候去看望那只小鸟，为它摘花，陪它说会儿话。她是认真去实践这句话的。

语文课快要结束的时候，我和学生们说起了这件事。"小鸟被挖出来，"我说，"其实我更相信那个同学不是出于恶意，他只是好奇，想看看小鸟变成了什么样子。"

教室里静悄悄的，学生们安静地看着我。那些年轻的、明亮的眼睛让我突然很感动，这些眼睛里流动着善良。那一刻，我相信挖小鸟的孩子，一定是因为好奇。

我打开李娟的那本《羊道·深山夏牧场》，给孩子们读了一段话："当汽车经过穆斯林墓地时，不管是什么样的哈族司机，不管老的少的，不管是严肃踏实、爱听阿肯弹唱的中年人，还是染了红毛、整天沉浸在震天吼的摇滚音乐中的小青年，都会郑重地关闭音乐，等完全经过墓地后才重新打开。关掉又打开，也就几十秒时间，我从没见过一次被含糊过去的。敬重先人，敬畏灵魂的话，心灵的洪水再怎么肆虐也不会决堤……"

我合上书，问学生们："知道我为什么要给你们读这段话吗？"

一个小个子男生站起来，说："你想告诉我们，不应该去挖小鸟的坟墓，因为它已经死去了，它要获得安宁。"

"是的，"我对他点头，"让死去的灵魂获得安宁，哪怕是对待一只小鸟。"

我没有追查是谁挖出了那只鸟，更没有批评。儿童是天真的，单纯的，有时也会因为这天真和单纯而做出残忍的傻事来，但只要告诉他们应该向善，他们就一定会朝着善的方向去成长。

来自不同星球的孩子

（一）

小佳出生在佳木斯，她在日记本里写道：“那是个很远很远的地方，冬天的雪可大了。”

亮亮的黑眼睛，红润润的嘴唇，像蔷薇一样地开放在她那白里透红的小圆脸上。她的头发是天然卷，带了些淡黄色，梳着小辫儿，走起路来，小辫儿就在脑袋上一摇一晃，很有些秀兰·邓波儿的神态。

漂亮的小姑娘总是惹人喜爱的，何况她还是那么的聪明可人。

她的聪明，显而易见。第一天去他们班上课，铃声还没响，她在我的讲台边磨蹭着，不时抬起眼睛瞧我。

我冲她笑了笑，这仿佛鼓舞了她搭讪的勇气。“老师，你教我们什么呀？”她问我。

“我呀，我是个外语老师啊，不过这学期教你们语文。你喜不喜欢外语啊？”我逗她。

“喜欢，我们陈老师教过的，apple（苹果），还有banana（香蕉）。”她得意地背给我听。

“banana这个单词读得不够好，跟我念。”我把她的读音小小地纠正了一下，她把末尾的那个音发错了。

她有些害羞，跟着我念了，歪着头，不好意思地对着我笑。

“等一下我要选个课代表呀，你想不想做啊？”

“什么是课代表？”

“就是帮助老师收作业本什么的，是老师的小帮手呢，可得能干些。”

她没表态，只是若有所思地“哦”了一声。上课了。

有个孩子在下面偷偷说话，正是小佳的同桌。我皱了皱眉，刚想说，小佳看到了我的脸色，赶忙拉了一下那个孩子的衣服："快坐好，王老师生气啦。"然后她又补充了一句："老师说，纪律好的同学才能做课代表的。"

我不觉莞尔。

我让她做了课代表。每每跟她说要收个作业发个试卷什么的，她马上就噔噔噔地跑去拿。她还很小，爬楼梯时，扭着小小的身子，显得有些吃力，如果是跑四楼，她更是忙得满头大汗。秦文君在《一个女孩的心灵史》中这样写她的女儿，莘莘给她的老师做事时也是这样的。她无限信赖着自己的老师，恨不得把自己的心都掏出来给对方看。

这样洁白无瑕的孩子啊。

（二）

缘缘和小佳一样，也属于班里的中心人物。

她有一个尖尖的小下巴，黑亮黑亮的大眼睛，挺直的鼻子，梳着个马尾辫，非常神气。

如果说小佳属于温情派的话，缘缘就是个刚烈果断的女孩子。她的成绩非常好，一来天赋聪颖，二来勤奋好强。

有一天上语文课，检查课文的背诵情况。一年级的孩子总是喜欢游戏的，所以那天的检查中设置了一个宾果游戏。我在黑板上画了九个方格，三乘三状的。全班分为两大组，每个组都有一个自己的组标，第一大组的组标是三角形，第二大组的是圆圈。每个组每次需抽到一个同学背诵课文，如果背对了，可以在上面画一个自己大组的标志；相反，如果背错了，就不能画。在画自己的组标时，要尽快使组标成为一条线，无论是横的、竖的，还是斜的，都可以，同时，要尽量阻止对方的组标成线。

这是个挺有竞争性的比赛，学生们的兴致都非常高涨。我好不容易才把他们叽叽喳喳的嘈杂声按下去。比赛开始了，缘缘他们一组的表现不错，一口气拿了两个组标，眼看就要拿到第三个，能大功告成连成一条线了。这时，上去了一个小男孩，站在黑板前，犹豫了半天，在另一个空格上画上了圈。这个圈，无疑是非常不合适的，一来不能阻断对方的连线，二来拱手让出了自己那即将成功的连线。他的同学们在台下又拍桌子又哇啦叫，急得不行，也气得不行。缘缘原先是非常起劲的，因为眼看着就要胜利了，她很激动，现在一下泡汤，她气得满脸通红，趴在桌子上呜呜大哭起来。四周几个同学赶紧去劝她，那个失手的孩子，也坐在座位上抹起了眼泪。

教室里乱糟糟的。

“好了，只是个比赛嘛，最重要的是，同学们都把课文背出来了呀。”我安慰他们。

台下的学生也这样附和着安慰缘缘，还有人跑过去送餐巾纸。她慢慢地抬起头来，满脸都是泪花："可是，我们就要赢了呢……"她哽咽着说，还有些哭腔，鼻子一耸一耸的。

就是这样一个小姑娘，大哭大笑的女孩子，上课回答问题时神采飞扬，习惯性地在空中挥舞一下胳膊，仿佛在拥抱着什么。画画时总会在身边围着一群小伙伴，她笔下的恐龙栩栩如生。她是他们的小偶像。

她的将来会很美，人们都这样相信——我想起了多年前看的一部小说，书名已经记不得了，只依稀记得，那个快乐而天真的孩子，名叫莫莫。

缘缘的将来也一定会很美，我也这样相信。

（三）

我在2005年的秋天认识了张小大，他是个白净的小男孩。他的画家爸爸给他起了个好听的名字，叫雅舒，可是笔画太复杂了，他自作主张地把自己的名字改成了张小大，这是他写得比较顺手的字。

他是全班年纪最小的孩子，进学校时，不过六岁，却小有名气，据说两岁时就上过报纸，那年他已经认识了两三百个汉字。

第一次见到他，那么小那么小的身子，穿着花格衬衫、牛仔裤，偎在身边，温温软软的，让人无端心生怜爱，眼底眉梢，灵秀过人。

一天中午，班级里闹哄哄的，一群孩子正在扔纸飞机，这是他们新近热衷的游戏。张小大探头探脑地蹭到我的身边，把小手放到了我的胸口上。正在改作业的我吓了一跳，几乎是大惊失色。刚想生气地把他推开，他把头埋到了我的怀里："妈妈。"他轻声地说，轻得几乎听不见。

我愣住了，心头翻涌起的温柔几乎让我透不过气来："张小大，你说什么呀？"

他抬起头来，害羞地看着我，微微笑着，不说话。双手像小小的花蕾般，抱着我。

我不知道能找到什么样的词语来安抚这个小小的孩子，只有同样无声地微笑。我摸了摸他的脑袋："快去做作业吧。"

他笑眯眯地回到自己的座位上去了。

有时，他会跟我聊天："我长大要做个不好也不坏的人。"

"什么是不好也不坏的人呢？"我问。

他想了想，说："好的人就是电视里那些每天坐飞机飞来飞去给别人开会的人，他们太辛苦了。不好也不坏的人就是像我爸爸这样，我觉得比较开心。”他爸爸在一所学校里教美术，话不多，总是笑眯眯的。

我笑了，摸着他的脑袋。他大声宣布：“我以后要做个雕塑家！”

我倒觉得他也许会成为一个科学家。三年级的暑假，我去他家家访，看到他正在书房埋头看初中物理书，不由得大感惊讶。“怎么看起这个来了？”我问道。他不以为意地耸耸肩：“觉得有兴趣，就借来看看。我在研究阿基米德定律呢！”说这话的时候，眉眼间颇见得意之色。

科学家的气质也体现在语文考试中。他的作文总是那么简练清晰，条理清楚，极有概括力，能用三个字说明的问题，他绝不用十个字。我总是舍不得给他的作文多扣分，因为读完以后，觉得确实该说的话都说完了，再写点儿什么，就变啰唆了啊。可是这样的作文，期末考试时碰到流水批改，就会被扣不少分，所以张小大的大考成绩总是高不起来。妈妈为此着急，找过我。我无语劝慰，因为用一种标准去要求各类学生，这连我自己都无法赞同。我只能对他妈妈说：“孩子的思维不错的，你要替他承担一些压力，不要太苛责，慢慢来。”

我在 2008 年的秋天离开了那所学校，从此再也没有见过张小大。但我一直都没忘记他，真的，这样一个特立独行的小孩，叫人怎么忘得掉呢?

送你一颗车厘子

中午出去买了袋车厘子，上楼的时候碰到隔壁班的宁宁。这个小女孩经常在楼梯上打扫卫生，很认真的样子，所以我很喜欢她。她也帮我跑过几次腿，比如替我去收流动红旗。每回帮我做事的时候，她都那么忠心，飞快地跑着去，唯恐耽误一秒，回来的时候满脸通红。她帮我做过很多事，从来没有不耐烦过。

这天，宁宁又在楼梯上做值日了。我给她一个车厘子，说：“这是奖励给你的，谢谢你平时给我做事，以后还要来给我帮忙啊。”她瞪起眼睛看着我，愣了愣，说：“好的。”

我笑着走开，听到她对一旁的同学说：“这是王老师奖励给我的哟！”很得意的样子。

过了一会儿，我下楼时又遇见宁宁。她正伸着手，非常珍惜非常自豪地把大半个车厘子递给她的同学，让同学也尝尝。果子上刚被咬过一口，鲜嫩的果汁仿佛要滴下来一般。

她看到我，仰起脸来由衷地对我赞叹道："王老师，这个车厘子甜甜的，怎么这么好吃啊？简直太美味了……啊，真是太好吃了！"

那虔诚的、觉得无法用足够的语言来表达自己的心情的样子让我乐了。她接着说："我发现了，这个车厘子，很像樱桃呢。"

我说是啊，这是樱桃的一种。

她又一次赞叹起来："啊，车厘子啊，你真是太好吃了呀！"

平常的事物，竟能给一个孩子带来这么大的快乐，真是物超所值了。

你看得见龙猫吗

我的女性朋友小丁有个四岁的儿子叫果果。有一天，果果对她说："妈妈，我很喜欢蜘蛛侠。我想像蜘蛛侠那样，从高高的楼上飞下去。"

小丁觉得有趣，又担心她那顽皮的儿子果真会这样去做，来问我该怎么答复这个满怀英雄梦的儿子。

我的第一个想法是：哇，这才是男生啊！生机勃勃，勇敢无畏，崇拜英雄，梦想拯救世界。在这条街上碰到的无数个男人，这些神情疲惫的成年人，想想看吧，他们也曾幻想成为孙悟空，成为超人，他们也曾有过像果果那样的向往，谈起这些向往的时候，他们如今沧桑的脸上，也曾熠熠发光——想到这里，你只觉得，时光真是这世间最无情的东西。

男孩想成为蜘蛛侠，这是一个多么天经地义的理想。我无论如何也不忍告诉这个刚满四岁的孩子："那是电影，那是假的，是骗你的。"该怎么让他理解"我们不能像蜘蛛侠那样从高高的楼上飞下去”呢?

我会给他找来一个鸡蛋，和他一起画画、裁剪，把这个鸡蛋装饰打扮成蜘蛛侠的样子。然后对他说：“现在，请这个鸡蛋蜘蛛侠先替你飞一下吧。”把鸡蛋从窗口扔出去，让孩子下楼去看看，鸡蛋蜘蛛侠变成了什么样子。

然后告诉他：“我们跟超人和蜘蛛侠都不一样。我们的身体，其实更像鸡蛋，容易受伤，比较脆弱，所以我们平时一定要注意保护自己。如果像鸡蛋蜘蛛侠那样从楼上飞下去的话，也会像它那样碎掉，我们把这叫作骨折。如果楼再高一点儿的话，我们就彻底碎了，会死掉。所以你可以喜欢蜘蛛侠，但不能像他那样从楼上飞下去。”

如果孩子还是不能忘掉这个英雄梦，可以答应和他一起去滑一次草。“从高高的草坡滑下来，有爸爸妈妈的保护，你会很安全。而且，那样也会有一种飞起来的感觉。”你这样对他说，一定能把他的注意力成功地从“演蜘蛛侠”转移到“万岁，去滑草了”上。

最后，我想说，我家的小菜，这个刚满五周岁的女生，她是《龙猫》的忠实粉丝。走过我家小区门口的大樟树时，她常常会对我说：“妈妈，我看到龙猫坐在上头。”

她认真地抬头看着树梢，我也和她一起认真看着。风吹过树梢，哗哗地响着。那一刻，我完全相信，这个世界上，真的有龙猫，坐在高高的树梢上，只不过，我们这些大人已经看不见了，而小菜、果果，所有的小孩，他们都还看得见。

我喜欢坟墓，因为……

这学期带了一个文学社，是学校几十个社团里的其中一个。学校在规定时间开放电脑报名，学生们登录账户抢课，就这样，我有了二十二个高年级学生。这二十二个学生里，大多是女生，抢课那天，早早地守在电脑旁，唯恐错过；少数几个男生，两三个对文学有兴趣，态度积极认真，剩下几个，别说交作文了，上文学赏析课的时候都东倒西歪，满脸的不耐烦。

其中一个男生，叫小多。我对小多说："嗨，这么不想学写作，干吗报这个班呢？看你的样子好痛苦。"

他愁眉苦脸地说："老师，我没办法呀，我抢不到其他的课了。"

我忍不住乐了："那，你就既来之则安之吧，不爱写作文，听听作品赏析总可以吧？"

我以为这样跟他算是拉拢关系了，但他上课还是东倒西歪，屁股动不动就从椅子上滑下来了，交上来的作文龙飞凤舞，别说文采了，寥寥几句话，话都写不通顺，一看就没好好写。即便这样，还是好好给他改了。我对他说："你看老师都认真给你改了，你也该好好写，这样才公平啊。"

他"嗯"了一声，下次作文并未有什么起色，只是上课时渐渐不再发出抱怨的叹气声。

前几天，他和他的同学在我办公室前闹腾。我被吵得出门查看，见到是他，就随手塞给他一片牛肉干："吃吧，别吵了，安静点。"

他愣了一下，接过牛肉干，含糊地说了声"谢谢"。我到走廊另一头去打水，回来时，看到他很珍惜地举着那片牛肉干，身边同学问他要，他拒绝了："这是王老师送给我的！"

他并不用在这周写作课上写好作文来回报我，但如果他愿意从此认真写作文，那也是再好不过的事啊。

上课上多了，渐渐发现了小多的可爱，虽然是单眼皮的小眼睛，但透出来的神采很鲜活，是个机灵的小孩；再有，偶然一次听到他朗读一首诗，那声音，那情感，真是厉害了，节奏感把握得非常好，音色也好听，完全不是他平日里咋咋呼呼的那种声音，而是浑厚的，深情的。

"我的天哪，你读书太好听了，让我想起了央视解说员。"

我真心实意地对他说。

他低头，不好意思地笑笑。

昨天的文学课，我们一起读歌词，歌名叫《我喜欢》。学生们读得很投入。歌词很美，歌里是这样唱的：

我喜欢暖冬的太阳
我喜欢初春的青草
我喜欢午后的庭院和一旁发呆的秋千
我喜欢仲夏的冰沙
我喜欢清秋的明月
良宵的夜空　漫天的星辰
我喜欢雨后的青蛙
我喜欢山前的杏花
我喜欢周三的傍晚被霞光亲吻的水族馆
…………
我喜欢你，你应该也知道
我喜欢你，你应该也知道

啊，这简直不是一首歌，而是一首浪漫的诗嘛。

我让孩子们听了这首歌，他们听得很投入。听完歌，点评交流后，我让学生用“我喜欢……”来写几句话，把特别打动自己的风景或情景写出来。

学生们都奋笔疾书，我在教室里巡视，这时小多问我：“坟墓的坟，是提土旁的吧？”

“是啊。”我回答他，心想：这家伙，写什么坟墓呢？又想给我捣蛋是不是？

我任他写，没去管他，看他到底能写出什么门道来。作品交流时间到了，学生们纷纷站起来读自己写的文章。

小多站起来读道：“我喜欢坟墓。”学生们听得笑起来。

我问他：“坟墓象征着死亡，你怎么会喜欢呢？”

他说：“因为，坟墓里睡着我的爷爷，我很想他。”

笑着的学生静下来了。

我的心像是被猛击了一下，感觉眼泪要涌出来了。

我想把所有的赞美都送给这个小孩，这个纯洁的、善良的、光明的小孩，但我什么也说不出来，我走过去，摸了摸他的脑袋，那是一个温热的小脑袋，手心里能感觉到小孩子柔软的顺滑的发丝。

“你写得很好，我很感动。”我对他说。

今天，他把整首诗交给我看了。

这首诗，是这样写的：

我喜欢奶奶那布满皱纹的微笑的脸
我喜欢那宁静的夜晚
我喜欢爸爸偶尔忧愁的面孔
我喜欢那满是花朵的田地
我喜欢那寂静的墓地
我喜欢那片已不再是我家的工厂
我喜欢老师那开心的笑脸
我喜欢早晨的微风
我喜欢你，你应该也知道
我喜欢你，你应该也知道

读着这个小孩的诗，我的心里湿漉漉的。

我的爸爸没有了

今天中午，小佳突然走到我跟前，悄悄笑着对我说：“谢谢你，王老师，现在晓艳跟我玩了。”

我愣了一下，想起前几天的中午，小佳独自一人趴在桌子上哭得很伤心。有学生跑来向我汇报，我过去看她，问她原因，她只是哭，不说为什么。

等她平静了一些，我把她带到教室外面问她：“你怎么了？”她抽抽搭搭地说：“她们都不跟我玩……晓艳不理我，我很想跟她玩……”说着，嘴巴一撇，又想哭了。

我啼笑皆非。不过，你跟这样一群容易高兴也容易忧伤的小家伙在一起，你也得让自己拥有和他们一样脆弱的小情怀。

我把晓艳叫过来，和她头顶着头说悄悄话：“你为什么不跟小佳玩啊？”

晓艳说，因为小佳总是尖叫，很烦。

小佳确实是个比较野的小丫头，上课的时候坐不稳椅子，吃饭的时候拿不住筷子，做起游戏来很容易激动，常常尖声大笑，在同学中人缘不太好。

当然，哄他们的手段也是很简单的，你只要把语气尽可能地放轻柔，放亲切，比如这样：“晓艳，你看小佳很想跟你玩呢。她把你当作最好的朋友。如果你不跟她玩，她会感到很难过很痛苦。你愿意让她开心一点儿，让她和你一起玩玩吗？如果她在玩的时候不守纪律，你可以提醒她，也可以批评她，教她改正，好吗？”

晓艳答应了，然后就主动伸开双手拥抱了一下小佳，两个小人儿手拉手去玩了。

没有学生会拒绝老师这样的请求，更何况，他们有着比我更温柔、更单纯的心。

小佳的父亲在一个月前过世了。对于一个贫困的家庭而言，死亡或许是伤心之外的解脱。只是孩子太小了，小得还不能理解离别，她佩戴着黑纱来上学时，甚至还主动来告诉我：“王老师，我爸爸死了。”那语气就跟说“王老师，我昨天买了一只小鸭子”差不多。

我不免为她的父亲感到伤感。也许在未来漫长的十年，乃至更久远的时光以后，她会慢慢感到这样永失我爱的痛苦，但是现在，她是这样叫人无奈地懵懂。然而我又想到，也许她用以表达悲哀的另一种方式，是我没看到，也不明白的呢？这样想着，我的心里稍稍好过一些。

我不是怪小孩

小马是个奇怪的小马，比如他讨厌吃饭，经常在午饭时候溜走；他不讲规则，上课的时候，他会把椅子摇来晃去；他总是丢三落四，今天忘了带作业本，明天忘了带书；以及，他很爱生气，他做错了事，你不可以说他，如果是老师说他，他就会生气，要逃走，如果是同学说他呢，他会发怒，跟同学吵架，甚至打起来。

我做了很多尝试。他不肯吃饭的时候，我把他叫到身边安抚他，劝他多少吃一点。他不肯吃，我就带他到办公室吃饼干。我既不想让他饿肚子，也有我的小心思：嘿，你都吃下我的小贿赂了，还不听我话吗？

谁想，第二天，他还是不吃饭。

跟同学打架呢，我也处理过很多次。每次都是认真听他们讲，好好给他们分析，然后自以为公平公正地解决。但如果我最后的裁决是小马有错，那他绝不肯认错的，梗着脖子，面带怒气，然后噔噔噔地走回自己的座位。

其他科目的老师经常向我投诉，说他上课不配合啦，顶撞啦，很难沟通。

总之，教小马很难。

从一年级到二年级，和小马的过招不断，屡战屡败，又屡败屡战。我渐渐也怀疑起自己：我这十几年的教学经验，是不是在小马这里完全失了灵？

那天下午，是非常寻常的一个下午，我也没想到会对我和小马在后来产生如此巨大的影响。我照常巡视课堂的时候，发现小马正在课桌底下偷偷翻看着什么。好家伙，开小差！我叫他把抽屉里的东西拿出来看看。他把手里的书封一翻：《魔戒》！一个二年级的小孩竟然正津津有味地看这么厚的书！

语文老师的爱才之心油然而生，我的气顿时烟消云散了，声音也柔和了："你喜欢看《魔戒》呀？"

他点点头："整个系列我都看完了，电影也都看过了。"

"好看吗？你看得懂吗？"

"看得懂，非常好看。"

我马上有了主意："好，下周的班队课，由你来讲课，主题就是《魔戒》。"

小马的脸上露出不可思议的神情，他瞪大了眼睛，点了点头。

很快到了下一周的班队课，小马迈着沉稳的步子走上了讲台，屏幕上投映出了他制作的 PPT，“魔戒”两个大字仿佛在熠熠闪光，旁边还有霍比特人、精灵王子的照片。台下的学生发出哇的一声响，这么高大上的主题，离二年级的孩子太遥远了，他们当中的很多人还在看注音版的故事书呢。

小马深呼吸了一下，开始讲课了。他的表情严肃而郑重，讲得有些结巴，小拳头捏得紧紧的。对不善言辞的他来说，这的确是很大的挑战。但台下的学生情绪并没有受此影响，他们听得很认真，很着迷，看小马的眼神充满崇拜。因为，这完全是一部大人的书啊，那么厚，那么多字，小马竟然都看完了，还能讲课，真的太厉害了！

小马二十分钟的课讲完了，台下报以热烈的掌声。

我特地为小马做了一张讲课证明，上书：“马 ×× 同学为同学们带来的《魔戒》主题课程，准备充分，讲解精彩，给大家带来了新知识，特此感谢。”

我让小马拿着这张证书，在黑板前拍照留念。

那一天，是我和小马关系的转折点。在那天以前，我们经常大眼瞪小眼，我批评他，他不服我；在那天以后，我们是师慈徒……不能说完全乖，是开始乖了，起码，不会怒气冲冲地反抗我了。

一次讲座，让我得以重新认识这个小孩。我发现他在语言上很有天分，字里行间充满了淡淡的忧伤，还有与年龄不相匹配的老成。有一天上课的时候，外头突然狂风大作，下起了暴雨，雨点打得玻璃窗啪啪响。学生们无心上课，纷纷看向外头。我就干脆停了课，让他们用自己喜欢的方式去赏雨。

学生们欣喜若狂，有些趴在窗前看雨，有些到走廊里伸出手去摸雨，还有小孩仰起脸去舔雨。等他们赏完雨后，我请他们写了一个小片段，主题就是《雨》。

小马的随笔结尾是这样写的："我真希望这场雨一直持续呀！这样我就可以一直享受下雨给我带来的美好了！可是，雨还是渐渐地小了起来。我望着最后的雨滴，不禁热泪满眶。我好想为这些雨叹息啊！"

我惊喜于一个八岁孩子的早慧，又疑惑于这样的文字竟然出自这样一个难以亲近的孩子。我觉得小马那桀骜不驯的表面下，应该是一颗温柔细腻的心呀。

小马为什么要将自己的心包裹起来呢?

我试着去接近他，一层层打开他的心扉；也常和家长联系，通过聊天来更多地了解他的过去，他的童年。我渐渐明白了他的心结所在：孤独的童年。城里的孩子没有成群结队的玩伴，不少孩子从幼儿园开始就被送进了各个培训班。培训班里有各种技能的学习，唯独没有与人交往的课程。儿童应当自由而丰富地度过他的童年时代，应当有一群玩伴，一起玩枪战，玩过家家，合作、吵架、和好，都是非常重要的成长步骤。可惜，在不少当代儿童的童年里，这一课缺失了。

小马是个高度自尊的孩子，他渴望别人的认同，渴望收获赞美，当他做不好的时候，他就用抵触的情绪来表示自己的不在乎。

我单独叫他到身边，注视着他的眼睛，很郑重地说："小马，你是个很有才华的小孩，也是个孤独的小孩。"

他的眼睛里迅速涌上了泪水，盈盈欲坠。他努力瞪大眼睛，不让眼泪掉下来。

"你哭了？"我问。

他梗起脖子："才没有呢！"

我笑了，摸了摸他的头："没什么，容易流泪的人都有一颗温柔而敏锐的心。哭，不丢脸。"

他挂着眼泪笑了。

小马还是会丢三落四，但他肯吃饭了，虽然只是吃白饭，不吃菜。他还是会发怒。有一次，班级里举行书法比赛，交卷的时候，只有他还没写好。他气冲冲地把作品撕了，然后坐在座位上哭，但他只是坐着哭，没有打人，也没有跑出去。

我对他说："要学会控制情绪，不要用伤害自己的方式来报复别人，因为那样受伤的只有你自己和真正爱你的人。"

小马又一次瞪大了眼睛，久久地看着我，然后，流下了眼泪。

成长是一个漫长的过程。尽管小马还是会时不时地犯错，但他接纳了我，这是一个令我高兴的开始。

这一天，小马又被人告状了。学生跑来告诉我，小马在黑板上乱涂乱画。我来到教室一看，黑板上写着一行很大很大的字："你们为什么不让我看！！！"

从字迹看，小马的气愤不小。

我对小马说："你有了愤怒，没有打人，而是写字，有进步！"

小马和其他学生没想到我会夸他，都愣了。

我对全班说："好，现在，我们就让小马自己来说说原因，他为什么会写下这样的字。"

小马站起来，脸涨得很红，他努力克制了一下情绪，用尽可能平静的声音说：“班长说我纪律不好，把我的名字写在黑板上。我想看一下，大家都挡着我，拦着我，不让我看。”

我把目光转向其他学生：“是这样吗？”

学生们说是。

我问他们：“那么，为什么不能让小马看呢？”

学生们哑然无声了。

“我知道，”我说，“很多同学觉得小马调皮捣蛋，但我要说，一事归一事。他不遵守纪律，是要批评的，但你们拥上来拦着他，抱着他，不让他看黑板，是对的吗？他就算犯了错，也有权问个明白，看个清楚吧？”

学生们说是。

“而且，我还认为，同学纪律不好，班干部可以提醒他，如果自己处理不好，可以来告诉老师，而不应该把同学的名字写到黑板上，这样会让人感到仿佛是在羞辱他，对不对？”

学生们又点头说是。

“我理解小马的愤怒，但他这次很有进步，没有吵架，没有打人，而是写下自己的抗议。我觉得，他在努力管理自己的情绪。让我们为小马的进步鼓掌！”

学生们为小马鼓起掌来。小马的眼睛亮晶晶地望着我，我知道，他这回彻底接纳我了。

我们常常为小孩的不当行为而发火，但仔细想想，你到底是因为他的行为给你添了麻烦而发火，还是因为他的行为挑战了你的权威而发火？他真的做错了吗？

波兰教育家雅努什·科扎克说，要把孩子当个外国人，尊重他的无知。他在其著作《重返十岁》里写道："孩子的思想跟成年人的相比，并不是更有限或更低级，只是不一样而已。儿童用感性而不是理性来思考。这就是为什么跟儿童沟通会那么复杂，要知道和儿童交流是一门高深的艺术。"

小马在黑板上写下抗议，我有什么可愤怒的呢？那不过是孩子对表达情绪的一种理解。不能因为他和大人的方式不一样，他就是错的，该被批判的。

在小孩面前，我们真的应该蹲下来，听他们说话。

因为经常在班级里读小马的文章，夸他写得好，渐渐地，他在同学中的人气也高了起来。每次上完写作课，要开始点评的时候，台下总有人心急地嘟囔："读小马的！读小马的！"

这单元写的是人物主题，小孩们选取一个自己感兴趣的身边人物来写，写他的外貌神情和特点，然后让别人来猜猜写的是谁。

有好几个学生选择了写小马，在对他的特点描述上，无一例外地写道：“幽默，有才。”

小马在座位上不住地发出怪叫，声音不大，但足够清晰。

我知道，这是他在表达他的高兴。

他是那么渴望被看到，被承认，因为一直得不到，所以一直对这个世界拳打脚踢，一直让自己伤痕累累。现在，他终于做到了，让大家看到了他的存在。这怎能不让他狂喜呢?

我对他说：“那么高兴，就出去跑两圈，大声地笑出来吧。”

他笑了，飞快地跑了出去，教室外响起了他的欢叫声。

这真是无比美好的一刻，连我手中的红笔都显得特别可爱起来。

那个小孩和那只小狗

十三年前的秋天，我教一个二年级班级的语文课。

当时班上有个叫小齐的男孩，长得圆头圆脑，很是可爱。他比较内向，很少举手发言，眼神总是怯怯的，连大声说话都不敢。像这样一个孩子，其实在班级里是很容易被忽略的，他不够优秀到耀眼，也没有坏到令人瞩目，他乖乖巧巧，安安分分，成绩不好也不坏，坐在那个被人遗忘的角落里。

二年级的孩子，已经开始日常的写句练习。小齐的作业倒是很有意思，时常在句子里和我聊天，比如他写看到一条毛毛虫在过马路，他就蹲下来给毛毛虫喊加油。文字虽然稚嫩，但已经让我看到了一种趣味和生动。这对写作者来说是一种难得的天赋。

这一天，小齐按时交上了他的写句本。在这次作业里，他写的是一只小奶狗。他周末去亲戚家做客，看到了一窝刚睁开眼没多久的小狗，他十分欢喜，抱了一只回家。回到家后，想到母狗会是如何如何地思念小狗，小狗又是如何如何地难舍母亲，不觉越想越同情，又马上叫爸爸把小奶狗送了回去。

“小狗回到了它妈妈身边，我心里十分高兴”，他在结尾处这样写。

这种慈悲和怜悯，不就是我们教育的目的所在吗？

我很是感动，悄悄把这篇写句作业寄给了报社。虽然名为写句，并不是作文，但小齐看起来感触很大，足足写了两页，两三百字呢。

《未来作家》是我的头项选择。作为一份本土少儿文学刊物，班上有不少学生订阅。自己的文章若能登上这份刊物，对一个孩子来说，这是多大的荣耀啊。

稿子寄出一段时间后并无音信，我想，全市那么多孩子投稿呢，没有入选也正常，便也把这事搁置了。没想到突然有一天，门卫室送来了一份邮件，打开一看，正是稿件入选通知！

学生文章入选，为师脸上亦有光彩。于是我脚步轻快地走到教室，把这个好消息告诉了全班，将小齐大大夸赞了一番，说他的文章虽然不见得辞藻丰富，技法高超，但其中的诚意和善意是最动人的，是无技胜有技的。

学生们也大感惊讶，文章被印成铅字发表在报刊上，对学生来说，这是一件多么了不起的事情。而现在，这桩荣耀竟然由自己身边二年级的同伴获得了，这是何等的奇妙呀！

在同学羡慕的目光里，小齐走上讲台，接过了一张证书，满脸的喜气洋洋。

那份刊登了小齐作文的《未来作家》，我一直收藏至今。小齐继续长大，直至长成一个高大爽朗的大男孩，离开了我的班级，走向更广阔的世界，不再是之前那个怯懦内向的模样。这份改变里，究竟有多少是那篇文章和那本证书的功劳，这还真不好说。一个人的成长和成熟是由无数个细节慢慢累积而成的，这其中有他自己的努力，有父母老师的付出，也有一些来自陌生人的善意和支持。但我想，无论如何，在八岁那年，能得到这样一个鼓舞，一次成功，一定是他生命中的闪光时刻。

而这，一定也是无数个让孩子变得更好的力量之一。

王老师说

小孩的世界真有趣，这是我当老师的过程里时常在心头感叹的话。每一天，你都不知道他们会给你怎样的惊喜，以及怎样的烦恼。

儿童和大人既不一样，又一样。

说不一样，是因为他们往往用感性来认识这个世界，而非理性。跟儿童交流是一件很需要艺术性的工作，你要站在他们的角度，以他们理解的方式来讲给他们听。

什么是他们理解的方式呢？

比如，你对一个小孩说："上课认真听讲，不要开小差。"——这就是大人的角度。

你给小孩一颗巧克力豆，对他说："这是一颗有魔力的豆子，你吃了它，保证你一天都会乖乖的，过得很棒！"——这就是孩子的角度。

孩子会相信巧克力豆的魔法吗？

首先，大人自己得相信。

你不信吗？我信的。这样一颗巧克力豆，真的会带给孩子一天都棒棒的信心。

说一样呢，是因为孩子和大人一样，都需要被倾听，被理解。

孩子干了坏事，先别忙着批评，问问他是怎么想的，就像他在墙上写“猪”字，把小鸟挖出来，小孩有小孩的理由。你认真告诉他该怎么做，耐心地指点他，等待他，他会变好的。

陪着孩子慢慢长大是一件很有趣的事，真的。

2 师生之间

最初的秘密和最软的梦

我问坐在身边的奔奔："小胖子，你知道什么叫浪漫吗？"奔奔笑得咧开了嘴，门牙还缺了一颗："浪漫呀，我不知道。嗯，大概就是我这样和王老师一起坐在树下看桂花吧。"呵，这高远高远的秋天啊。

奔奔，什么是浪漫

仿佛一夜之间，校园里的桂花都开了，空气里满是秋天的甜香。

下课时，我对学生们说："等一下可以出去看桂花啊，大家去闻一闻桂花到底有多香。"

他们都欢呼起来。大家推推搡搡地出了门，我被他们簇拥着。不远处，两株桂花亭亭而立。我坐在清凉的石凳上，深吸了口气。

奔奔眉开眼笑地走过来，坐在我身边。

"王老师，桂花在哪里呀？"小佳问我。她的额头上正挂着一串小铃铛。这几天，班里的女孩子们迷上了扮演七仙女，头发上挂满了从妈妈的梳妆台里偷偷带来的发饰、发夹。她们争着做最小的仙女，因为她们认为，最小的仙女最得宠。

我眯起眼睛看了看叶子之间点点的鹅黄，说："喏，那就是桂花啊。"

“哇，那就是桂花啊，大家快来看呀！”小佳一喊，呼啦啦就围了一群孩子过去，他们在树下吵吵闹闹地跳着，笑着。

我问坐在身边的奔奔：“小胖子，你知道什么叫浪漫吗？”

奔奔笑得咧开了嘴，门牙还缺了一颗：“浪漫呀，我不知道。嗯，大概就是我这样和王老师一起坐在树下看桂花吧。”

呵，这高远高远的秋天啊。

墙上的“猪”

下午，校长来找我，说不知哪个学生在三楼走廊的白墙上写了个大大的“猪”字，请我实地去查看一下，力争破案。

校长说的是力争，而不是确保，因为他也知道，要在全校上千个学生中揪出这个搞破坏的小孩，实在无异于大海捞针。

也难怪，暑假里，学校刚进行了翻修，刷得雪白的墙壁让学生跃跃欲试，谁让他们正是狗也嫌的年纪呢。

我来到三楼，仔细查看了墙上的那几个字：“301, 猪”。嗯，看字迹粗犷豪放，多半是出自男生之手。字写得很粗，我又凑近看了看，基本判定是用毛笔蘸上颜料后所写。学生不会平白带毛笔来学校，可见他所在的这个班今天应该有美术课，而且必须得上色。

下课的时候，学生们一般只就近在自己班所在楼层的走廊活动，不太会去其他楼层，所以我又把范围缩小到三楼的班里。这个楼层一共有三个班，分别是 301、302 和 401 班。我去教导处查看了一下课表，今天只有401班在上午有过一节美术课。

我对自己的推理暗自得意，与学生斗智斗勇的乐趣让我兴致勃勃。这种得意，全然不是发动全班相互检举，写告密信那种权威式窥探所能比拟的。我憎恶那种让学生之间充满警惕和怀疑的方式，虽然也许那样能更便捷地揭开谜底。当一个老师能够始终意识到“孩子只是孩子”，并且不轻易以恶意去推测孩子们的动机的时候，就不那么容易生气了。

我到401班教室一看，空无一人，学生们都下楼去活动了。秋风很凉，从敞开的窗口滑进来，哗哗翻动着桌上的书。我一边等他们回来，一边盘算着等会儿要以怎样的步骤层层揭开谜底。在这个侦破的过程中，连每个眼神都要细细酝酿好，拿捏到位，一着不慎，就可能满盘皆输啊。

下课铃响了，学生们陆续回到了教室。我微笑着扫视了一下他们，和蔼可亲地问道：“同学们，今天的美术课，哪些人带了颜料来上色啊？”

台下呼啦举起了七八只小手，他们七嘴八舌地告诉我，大部分同学还在给美术作品打草稿。“我还没来得及上颜色呢！”前排的小个子男生大声说。

我继续微笑着，未加解释，请这几个举手的小孩上台写一个偏旁。

当然得不动声色，让学生摸不到头脑，老师才好做文章。写什么偏旁呢？很简单，就写一个反犬旁。

请各位注意这个“猪”字中的反犬旁，它的正确笔顺是：撇，弯钩，撇。然而，白墙上的这个“猪”字，它的反犬旁笔顺是：撇，弯钩，提。——这是一个很特别的书写习惯！

那几个小孩疑惑地走到黑板前，每个人都按我的吩咐，写了一个反犬旁。其他人的笔顺都对，只有一个男生，他的笔顺是：撇，弯钩，提。

我不动声色地把他带到走廊上，指着那个“猪”字，问道：“这是你写的？”

我问话的时候，紧紧盯着他的双眼，透露出一种坚定而自信的气场来。虽然在最后的结果出来之前，我对自己并没有十足的把握。

他的目光顿时慌乱起来，“不是”二字已脱口而出，但一抬头，马上在我的目光中败下阵去，垂头丧气地点了点头。他慌乱地求饶道：“老师，我知道错了，我以后再也不敢了……”

我又问了他的动机，其实很简单，就是出于无聊。如我所料，这几个字都是用毛笔蘸上颜料写的。

校长毕竟是宽厚的，说让他做一天义工，第二天要在学校打扫卫生，记住这个教训。至于那面白墙，就让总务老师去粉刷，免去家长出工出钱了。我带着这个男生来到总务老师办公室，让他恭恭敬敬地给老师鞠了个躬，请老师原谅他带来的麻烦。

我没有把这个孩子带到班里进行公开批评。我始终记得，当我还是一个学生的时候，我的老师曾对我说过这样一句话："连上帝都会原谅你们，何况是我呢？"我也还记得，当年刚工作不久，为一点儿小事而斥责学生的时候，一位老教师曾告诉我："当面表扬，私下批评。小孩再小，也有他的尊严。"因一念之差而让一个孩子站在全班同学的面前，那种屈辱又羞愧的感觉，单是想想就觉得太残忍。所谓因为懂得，所以慈悲，大概也就是这个意思了吧：因为他是孩子，所以理解他的淘气就像打喷嚏那样，是忍不住的。

教育，就是耐心地等孩子们慢慢成长，让他们在爱和宽厚里学会控制自己的淘气，最终长成美好的人。

糖豆，骗骗你啦

我有时觉得，我的学生们很像寓言《朝三暮四》里的那几只猴子，我需要不断地用栗子来挑起他们的兴致，而且，栗子还得经常变换。

中午去管学生的时候，发现了抽屉里的一罐糖果，于是就揣在口袋里，决定去逗逗班上的那群小猴子。我说，如果课堂上可以做到安静看书，我将发给他一颗糖豆作为奖励。

于是，班里鸦雀无声，他们都在静静地看书，连几个小猴子也坐住了。

我满意地笑了，然后挑了几个小猴子上来领糖果。他们欢天喜地地上来，一人挑了一块自己喜欢的糖果，飞快地丢进嘴巴里，其他学生露出羡慕的神情。

这时，有个学生叫道："怎么这糖有股药的味道啊？"

此话正合我意嘛，哈哈！

我严肃地说："其实，刚才我给你们的糖果，是有魔力的，它会自动检测出懒人，如果吃了糖果却不认真学习，那么他的脸上就会长出很多青春痘！”台下顿时发出一阵惊呼：“惨了，不会吧?！”真是幼稚的小孩，都上三年级了，居然也这么好骗。我得意地瞄了瞄他们：“不信？那你们试试看好了。”他们马上规规矩矩地坐好，一个个发奋看书、写字、画画起来。

粽子的战争

端午节快到了，中午，朱老师送给我两个碱水粽，我去食堂弄了点儿白糖，就颠颠地拿到教室里去了。

看到我手里的粽子，小朋友们都哇哇大叫起来。我说，谁想吃粽子啊？台下呼啦举起一片手。

我在心里暗笑了一声，说：“谁想吃粽子，得给我一个理由，要能打动我才行哟。”

诗人宇举手说：“我上上星期帮你在广场卖东西，三幅画都是我卖掉的，别人都卖不掉。”

“哦，有道理，那你来咬一口吧。”

子豪也赶快举手：“六一节前我和潇潇、小怡帮你一起去超市买糖果，我们三个都做了好事。”

咳，这分粽子变成邀功领赏了，但人家也说得在理啊，那三个人都上来咬一口吧。

三个人欢天喜地地上台来，张大嘴巴各咬了一口，啧啧称赞：“简直太好吃了！”

小马说：“我这几天日记写得很好，你经常在班里表扬我，我可以吃粽子吗？”

我哈哈大笑：“那好吧，给你吃。不过你这几天门牙都没了，你怎么咬啊？”

小马上来，张开嘴巴，四个门牙全部缺席，他用旁边的牙啃了一口。

诗人宇看得眼馋，小声说：“好想再吃一口啊……”

我说：“那就再给你吃一口好了。”他上来咬了一口，其他小朋友发出一声惊叹，大家都在拼命地想理由。

两个粽子，带来了一个快活的中午。

游乐场的诱惑

游乐场送来一些赠票，每个班发到十张。全班一共四十个小孩，这十张票给谁好呢？每个小孩的眼睛里都发出热切盼望的目光，让我难以取舍。我想了想，决定抽签。

可可抽到了门票，高兴得哇哇大叫。中午的时候，她愁眉苦脸地来找我："王老师，我的票被人偷了……"说着，眼圈就红了，差点儿哭起来。

做老师的最头痛失窃问题。不查出来，不足以震慑学生；要想查出来，又谈何容易！既不能翻书包，又不能举报，因为丢东西而在班里鼓励告密就更得不偿失了。要说谈话教育，晓之以理、动之以情，在梦寐以求的游乐场赠票面前，学生哪里那么容易被打动？

我也不知道怎么办好了，在办公室里琢磨了整整一节课。

放学前，我把学生们留下来，严肃地说："同学们，看来大家都非常想去游乐场玩，我十分理解这种心情。但赠票有限，这次只能让十个同学去。没抽到票的同学大概很失望，所以有人一时糊涂，做了件错事，去拿了别人的票。”

台下小小地发出一声“啊”，接着嗡嗡起来。

我边说边不动声色地仔细观察着他们的神情，想从中找出异样的苗头来。可是每个孩子看起来都是那么惊讶，那么无辜，那么……咳，善良。

我没有福尔摩斯那样厉害的眼神，没看出什么线索，只好打出温情牌：“可可丢了票，心里非常难过，刚才还哭了。我希望这个做了糊涂事的同学，此刻能体会到别人的心情。”

台下静悄悄的，他们看起来都听得很认真。

“当然，如果你执意要把这张票占为己有，”我说，“那结果会很糟糕，因为每张票上都有一个预约代码。在抽签前，我就把这十张票的代码都记下来了。如果谁周末拿去用了，验票员会马上打电话给我，那么，你就暴露了，这将会非常丢脸。”

我说得这样一本正经，几乎连我自己都相信了。其实，预约代码是有的，但我没记下任何一个号码，我也根本不认识验票员。可是，老师适当地忽悠一下，也不能算错，是吧？

在结束讲话前，我再次重申：“希望这个做了糊涂事的同学，能认真想想进场验票时被人当场揭穿的尴尬场面，想想那该有多么丢脸。而且，以后在班级里，你也将无地自容。如果你愿意及时改正，可以趁教室没人的时候，悄悄把票放回可可的抽屉，老师保证，绝不追究。”

话是放出去了，但能不能收到效果，我心里没底。而且，如果这次没把票要回来，那个学生又成功地在游乐场把票用了出去，我的公信力将受到严重挑战，以后再提出类似的警告，他们就不会信了。

第二天一早到教室时，学生们已经开始早读了。我没有问谁是第一个到教室的，而是带着他们一起读课文，就当什么事也没发生过。快上第一节课的时候，可可兴奋地跑到我跟前，举着那张票，票被卷成了一团，她大声报告：“王老师，我在抽屉里发现有人还给我了！就卷成这样，放在抽屉里！”

她看起来高兴极了，我也很高兴。我对全班同学说：“看，这个孩子知道自己做错了事，已经悄悄改正过来了。我答应过绝不追究，我也希望大家不要再追问讨论这件事，我相信他是个好孩子，只是一时糊涂。我们来为他鼓鼓掌好不好？”

学生们都鼓起掌来。他们亮晶晶的眼睛看起来是多么善良啊，唉，这些纯真的灵魂，我差点儿要哭了。

谁最漂亮

我喜欢跟小朋友们开玩笑，有时是为了满足自己臭美的需求，有时是为了显示自己的伟大。我就是这样一个爱玩的老师。

有时我在改作业，几个女孩子会悄悄地围上来。我就装作不在意的样子，边唰唰地打着钩，边问她们：“啊，那个，你最喜欢哪个老师呀？”

她们笑嘻嘻地抢着说：“我最喜欢王老师呀！”

“不会吧，我对你们那么凶，我以为你们都很怕我呢。”我假假地谦虚道。

“王老师对我们最好了，最温柔了。”她们仰起头齐声叫起来，小柔还把脸贴到我的脸上来蹭。

我的虚荣心一阵膨胀，然而我还不满足，继续装作不动声色的样子，问：“那你们觉得，哪个老师最漂亮啊？”

她们七嘴八舌地说：“王老师最漂亮！最漂亮！”

哈哈哈哈，我在心里仰天大笑，表面上依旧很认真很严肃地说：“不会吧，我觉得丁老师，还有柯老师，也很漂亮呀。”

小琪说：“嗯，她们也挺好看的，但我们觉得，你最漂亮！”

“哦哦，为什么呢？”我虚伪地问。

“因为你的衣服最多！”潇潇挤到我跟前来说，“而且，你老是穿裙子，还有高跟鞋，太美啦！唉，我好想跟你一样，可妈妈不给我买。”

我的虚荣心得到了空前的膨胀和纵容，在她们眼里，我的大饼脸和单眼皮都成了优点，我的任何一句话，对她们来说都是圣旨，都能得到无比的在乎。

我忘乎所以地哈哈大笑了起来。

老师被骂了

学校发了一份关于消防安全小知识的学习资料，有填空题也有问答题，不过都附了答案。我发给了学生，要求他们自学。我没有要求逐字逐句背出，只要求他们能大致回答就可以了，并说好了一周后检查。

一周时间很快就过去了。这天课上，我信心满满地对学生的掌握情况进行了检查，因为全班曾异口同声地向我保证会去好好自学的。一开始叫起来的学生被要求回答填空题，题目很简单，他们也回答得不错。叫了三四个学生以后，我就改问简答题了。这下好了，一连叫起来四五个学生，都张口结舌地答不上来。我皱起眉头，又点了几个学生，还是答不上来，一句话都说不上来。

我不禁生气地说："你们压根儿没去自学嘛！"

按照上周约定好的规则，如果不能答上问题，要把这份学习资料抄写一遍，然后再来过关。

被抽到回答填空题的学生欢天喜地，因为他们都答上来了，被抽到回答简答题的学生则唉声叹气，因为他们几乎全军覆没。

下午的思想品德课上，我发现最后排的两桌学生在窃窃私语。几次眼神警告无效，我走了过去，发现他们正在传小本子笔聊。我没收了这个小本子。

下课后，翻开这个小本子看了看，从笔迹来看，是有四个人在聊天，主要是闲聊，兼发牢骚，牢骚内容是上午因为没背出安全小知识而被罚抄。其中一个学生写道："老王就是个傻 ×！"

老王是学生对我的称呼，不过他们从不敢当面这么叫我，只是在班里的日记本上这样跟我开玩笑。这本是学生跟我之间显亲热的一个称呼，被用到了这样一句粗鄙的骂语里，我的第一反应竟然不是生气，而是觉得莫名地好笑。

一个人在办公室里坐着，来回把这句话又看了好几遍，慢慢反应过来了，觉得不好笑了。那种感觉，很复杂，混合着意外和难受吧。说意外，是因为我认出了这个笔迹的主人，是一个平时看起来蛮文静的学生，常跟我说笑。我一直以为我们之间的关系亦师亦友，应该是很不错的，他怎么会在小本子上用这样不堪的语言来骂我呢？想不通是一种比伤心还难受的感觉。

我想这四个学生应该是很紧张的，毕竟他们是背后说老师坏话，可等到放学也没等到他们来主动找我解释或认错。回想这个学期，也确实听见过学生讲“傻 ×”之类的话，我虽然做过提醒，但没有认真跟他们谈过这个话题，正好，这回应该好好跟他们谈谈了。

可是该怎么谈呢？以什么样的方式，谈到什么程度，才是学生能理解和接受的呢？我想了很久。

第二天的课上，我问学生们：“如果你抱着很大希望，去买了一张彩票，但是没中奖，你会生气吗？”

一个学生说：“不会。”

“为什么？”我问。

“因为我这是碰运气去的。没中奖，说明运气不好，没什么好生气的。”他说。

我又问：“那么，如果你的同学也去买彩票了，他中奖了，你会生气吗？”

学生说：“那也不会生气，因为他中奖，说明他运气好。”

“买彩票没中奖，不会生气，看到别人中奖，你也不会生气，为什么呢？因为你在掏钱买彩票的时候就知道，你这是一种碰运气的行为，你中奖了，只能说明你运气好，你没中奖，也怪不得任何人，对不对？”我问全班学生。

他们都对中奖话题很感兴趣，纷纷点头说是。

“那么，我事先把安全知识的资料发给你们，并且告诉你们要在一周后进行检查。有些同学没有去好好学习，但很幸运，他们被抽到回答简单的填空题，有些同学则不那么幸运，他们抽到了问答题，所以答不上来。这件事，是不是很像我们买彩票？你已经打算好了要投机取巧，偷了这个懒，就应该有承担这个后果的心理准备。你既然有赌徒的心态，就要愿赌服输，是不是这样？自己抽到难题就怨声载道，看到别人抽到简单的题就觉得不公平，甚至背后骂人，我觉得这是不遵守规则的表现。”

学生们沉默了，有些学生露出思索的表情，向我微微点了点头。

“好了，这是我关于本次抽测的看法。大家如果有不同的意见，可以提出。”我说。

我等了一会儿，一片静默，于是我又说：“如果大家同意我的观点，那么在以后的作业检查中，请你们不要抱有赌徒的心态，什么都不做，什么都不付出，却梦想着像买彩票一样中奖，想逃过学习任务的检查，想逃过惩罚。这种侥幸的心态，希望你们及早抛弃，踏踏实实地做好每件事。我让你们自学，是信任你们自我管理的能力，但愿大家不要让老师失望。”

然后，我转身，在黑板上写了一个“屄”字，问学生：“认识这个字吗？”

学生们露出茫然的神情，摇摇头。

“这个字，我是在《红楼梦》里认识的，念作 bī，是女性生殖器官的意思。人们觉得这个字过于粗俗，所以在很多地方就用‘傻 ×’来代替这个字。”我平静地对他们解释道。

学生们骚动起来，有学生“啊”地小声惊叫了一声，尤其是女生，悄悄地在下面推搡着，露出难为情的神色。

“我知道，其实你们并不知道这个词的意思，只是听别人这么说，觉得很酷，想表现自己的个性。我在非常生气的时候，我也会骂人。”我说。

学生们惊奇地看着我。

我接着说：“但骂人也有骂人的底线，特别粗俗的词语，我不会说，也觉得说不出口。大家上了学，是读书人，要注意自己的谈吐，即便是生气的时候，也要像个读书人的样子。今天老师向大家解释了这个词，我想，以后，你们一定不会再用这个词骂人了，对吧？”

学生们忙不迭地向我点头，那几个女孩子把头点得像鸡啄米似的，仿佛这样才足够表明决心一般。

下课铃在这时响了起来。我回到了办公室。不过，那四个孩子并没有如我所预期的那样来找我悄悄认错，于是，我在放学前把他们找了过来，带他们到了三楼一个空置的小房间里。

我请他们四个坐下，把那个上课传递的聊天本还给了他们。“以后有什么想法，可以直接找老师谈。上课要好好听课，不要再传小本子聊天了。”我说，“不管你们怎么说我，我都不会真的生气，因为我当年的老师告诉我，连上帝都会原谅小孩，更何况是老师。这也是我今天想对你们说的话，我知道，在你们心里，其实是很爱老师的，对吧？”

我们彼此静静地站了一会儿，那个在本子上骂“傻 ×”的孩子，第一个开了口。

“老师，对不起！”他轻轻地说，然后，眨巴了两下眼睛，眼泪扑簌地滚落了下来。

窃听风云

小勇很爱耍赖，明明干了坏事，欺负了人，被同学告到我这里，我叫他过来谈话时，他却总是委屈万分，激动得满脸通红，仿佛受了莫大的委屈。原先我也以为是别人在冤枉他，然而有一天在语文课上，我要求全班齐读课文，他懒得读，在座位上拿着书，嘴巴都没张一下。“你怎么不读书？”我叫他的名字。他抬起头来，翻了我一眼：“我在读啊。”一脸不高兴。

看来，他还真能耍赖，其他同学没有冤枉他，我心想。

这天，我要外出听课，就叫课代表早点儿到学校，管好早自修的读书纪律。等我第二天回来后，课代表交给我一份名单，说是早自修捣乱的学生。“尤其是小勇，我叫他好好读课文，他对我说‘呸’，还跟我吵架。”她说。

我顿时生气了，马上把小勇叫来，让他站在讲台边。

“你早自修不好好读书？”我问他。“没有啊。”他给我一个无辜的表情。“你还对课代表说‘呸’？”我又问。

“没有！我根本没说过！”他说。

又要赖！我气愤起来，大声质问他：“课代表难道无缘无故地冤枉你？”

他的脸涨红了：“我就是没说过！”

他怒气冲冲的，仿佛一头要跟我拼命的小牛。

他不承认，课代表又没有证人，尽管我相信课代表不会无故冤枉他，但是当着全班学生的面，我也不能非叫他认错不可，何况他也不可能认错，要是在讲台上吵起来，反倒显得难堪。我看了看他，叫他回座位去了。

但是，就这么算了吗？我心里也觉得很窝火，总是这样耍赖，简直就是对我的挑衅。而且，班干部也会受到打击，奈何不了他。要是放任他这样下去，班里各种矛盾会层出不穷的。

我决定整治整治他。

要整治，就一定要狠，直击要害，一下就叫他哑口无言，无从抵赖。

坐在办公室里想来想去，想到一招——用录音笔！把他跟课代表的对话都录下来，再叫来问话，如果他再抵赖，就当场把录音放给他听，叫他没话好说。

录音笔借到了，我悄悄把课代表叫来，把使用方法教给她。

“明天早自修，我不来教室，你去管理，如果小勇还是捣乱，你就把这个过程录下来。”课代表点点头。

第二天一早，我没去教室。等做完早操，把课代表叫来，听了下录音，竟然只录了三秒钟，而且，录的还是课代表自己说的话。

看来明天还得再埋伏一次。

第三天上午，拿到了课代表交上来的录音笔。这回过程很清楚了，我听到了小勇那嚣张的叫声，气得我想把他从录音笔里揪出来，狠狠批一顿。

这回再去跟他交锋，我可有底气了。早上做操时，看着他站在那里，突然心里一动，毕竟是窃听，毕竟是偷偷搜集他的材料，心里还是觉得不太妥当，他再耍赖，到底也只是个小孩，而且是个小男孩，不是十恶不赦的坏人。

于是，我走过去，捧起他的脸，盯着他的眼睛，轻声问道：“现在，老师认真地问问你，前天早自修，你是不是没有好好读书啊？”

他露出尴尬的神情，看了看我，把目光转开：“嗯。”

“那你是不是顶撞了课代表，还对她说‘呸’？”我温和地问他。

他低下头，不好意思地笑了笑：“是的。”

这么爽快就承认了，让我觉得很意外，我忍不住又问：“那为什么前天我问你的时候，你不承认呢？”

“因为在全班同学面前嘛，我觉得很丢脸。”他说。

我恍然大悟，再蛮横再倔强的男生，也有他的自尊心。被一个女孩子批评，又被叫到全班面前质问，他为了保全自己的那点儿骄傲，而选择了对立。

在特别生气的时候，真的不适合跟学生对话啊，那种激愤会让一个老师失去周全的思考，只顾着自己生气。

“现在我理解你了，”我对他说，“以后，也希望你敢做敢当，如果真的做错了事，要敢于承担，积极改正，好吗？”

他对我点点头。

我很庆幸，没有把那支录音笔拿出来。

我遇见了一个幸福

今天我遇见一个幸福，那就是在教室外的走廊里碰到王同学，他是特地来看望我的。

我都记不得他叫什么名字了，只记得他姓王，是我四年前的第一班学生。那时候我刚毕业，教他们班英语。那真是一个叫人抓狂的班，班上有一群想装酷没装好，结果装成了一群小混混的男孩子，上课时常给我找麻烦，简直能把人气死。到现在，那几个刺儿头的名字我还没忘呢，其中有一个长得很漂亮的男孩子，唇红齿白，眼睛又黑又深邃。他是当时最惹我生气的一个。

这个王同学，上课也爱闹，不过跟那帮没头脑的耍酷傻小子不一样，他的不配合，不是因为他不爱学习，而是因为他的成长。当时都开始长青春痘了，成长的懵懂让他抗拒权威，抗拒服从。一开始，我很不喜欢他，因为他老跟我对着干。后来有一天，我在英语课上发现他低着头看课桌下的一本书，是路遥的《平凡的世界》。所谓惺惺相惜，大概就是这个意思吧。看到他手里的书，我竟没有了生气的冲动，而是觉得很惊讶，很高兴。课后我找他谈话，希望他以后不要在英语课上看不相关的书，然后把我收藏的那本《我与地坛》借给了他。那本书在当时我可是很珍惜的，因为跑了好多家书店都没买到，最后还是在小镇的一家小书店里翻到的。但是为人师的那点儿心底里的崇高感压倒了我，我就像发现新大陆一样，用另一种眼光、另一种心态来看待这个孩子。他那天垂着头，没有多说什么，跟我道了声谢谢就走了。

后来，他毕业了，我也忘了他是不是把书还给我了，隐隐记得没有归还，但是联系不上他了，也只有作罢。

在他们毕业的这几年里，我渐渐习惯了教学环境，也学会了控制自己的脾气。其实学生是老师的老师，在说完重话以后，孩子一个受伤的眼神，一滴悬在眼角的泪水，就会让我倏然心软，会突然猛醒：我所面对的，是一个有心灵、有思想的人，而不是机器，不是产品，我不应该那么粗暴地来对待啊。所以，渐渐地，我也不像对王同学那班同学那样容易生气了。

我真的没有想到他还会来看我。他长得那么高了，比我还高，脸上的青春痘已经消退下去了，看起来整洁多了。他站在门口，恭恭敬敬地向我问好。我又意外又高兴，问他怎么来了。他说学校今天放假，就来看看老师。然后他又问我，还有没有像《我与地坛》这样的书，他想借去看看。

“这么说，那本书你毕业前还给我了？”我问他。

他露出惊讶的神情：“当然啦，我看完就还给你了。”我就没有多问，我愿意相信他。我知道自己一向很粗心。

我带他来到我的办公室，从抽屉里翻出一本《陈原书话》，这是我带在身边的仅有的一本闲书了。我给他写了张书单，上面都是我推荐的书。他收过我的书单，放进书包里，跟我聊了几句闲话，说他现在已经在宁波二中读高中了。这也是一个让我惊讶又高兴的消息，印象中，他的成绩不是太好。看来这几年真是出息多了啊。

坐了一会儿，他向我告辞，说还要去看看初中老师。他离开办公室的时候，我的心头还洋溢着幸福，就像啤酒泡泡，不断地往外冒。

顶顶的勇敢者金牌

谁也没想到，2020年会以疫情为一年的开始。一开始以为，新学期只是略有推迟，谁知一推迟就是三个月，等到开学的时候，已经是四月下旬。

但我还是意识不到生活的改变，以为这学期和上学期的区别就在于大家要戴着口罩上学，不适应，以及孩子们过去三四个月都在家里看视频学习，不知道到底掌握了几分。

我以为除了这些不方便，生活依旧。

顶顶第一次来跟我说他头晕，不舒服，我并没有很在意。在班主任工作里，这不过是再小不过的事情。我让他回座位休息，他还是不舒服，就联系家长，把他接回家去休息。

他妈妈来把他接走了，就像很多人的很多次不舒服那样。

没过两天，他又来跟我说不舒服，我还是没有很在意，小孩嘛，有个头疼脑热，不是很正常？这一次，他妈妈又来把他接走了。

这样来接走了三四次，我有些纳闷了，到底他得了什么病？还没等我去问，正好碰到他妈妈来学校，手里拿了一件顶顶的衬衫。我问她："怎么，作业落在教室了吗？"

他妈妈还没张口说话，眼泪先涌了出来："王老师，我也不知道怎么办了，只能是乱想办法了……"

她抽泣着说，顶顶得了怪病，总是说头疼，却怎么也查不出问题出在哪里，所有能做的检查都做了，还是不见好，尤其到了晚上，焦躁的情况实在很可怕。她万般无奈，听老人说，可能是丢了魂，就想拿件旧衣服来叫叫魂。

我震惊了，一则实在没法把顶顶和焦躁联系起来，二则没想到竟然已经严重到了让妈妈手足失措的程度。

"这……这没用吧？"我对孩子妈妈说，"有问题还得听医生的呀！"

"医生看了，看了好几家，做了很多检查，都不知道是怎么回事。"他妈妈抹着眼泪说。

我很难相信顶顶会是那样焦躁的样子，是因为印象里的顶顶，实在是个很乖巧的小孩，斯斯文文，规规矩矩，说话轻言细语，很有礼貌，是那种从来不让大人操心的孩子。妈妈是不是紧张过度了呢？我想着。

“我晚上去看看他吧。”我对他妈妈说。

吃过晚饭，我往顶顶家走去。远远地，看到了小区大门，也看到了顶顶和妈妈的身影。我快步走上前去，摸着顶顶的小脑袋：“谢谢你来接我呀，欢迎我来做客吗？”

顶顶害羞地点点头，领我往他家里走。

到了他家，坐下聊天。我问顶顶最近忙些什么，有什么好玩的事，他都一一跟我说了，看起来并无什么异样。我又问：“听说你最近有些不舒服，能跟老师说说吗？”

“头晕，很难受。”他说。

“具体是一种怎样的不舒服呢？”

“我也说不太清楚，反正，哪里都不舒服，人难受。”

“没关系，不舒服的话，你尽管来跟老师说，你可以休息的。”我又摸摸他的头。

他对我点点头：“好的，谢谢老师。”

你看，这么有礼貌的孩子，怎么可能焦躁呢？我还是想象不出来。

我注意到他家里养了一只猫。妈妈说，这是为了让顶顶散心，也为了排解他的一些寂寞，最近刚养的。

我想跟顶顶聊这只猫，顶顶并没有滔滔不绝。他总是这样，沉稳、寡言。外婆说，他一直很乖，很听话，最近也不知是怎么了，突然变成这样。

顶顶不爱听外婆告状，转身跑回房间去了。我一再唤他，他都不肯出来。

我笑着说："这么好的小孩，我看着也是不该被告状的，快出来吧。"

他这才跑出来，安安静静地坐在我身边。

看看情况似乎也不是那么糟糕，我坐了一会儿，就告辞出来。顶顶妈妈陪我走了很长一段路，跟我说她最近的烦忧。我安慰她："也许是他平日里太乖太听话了，自我压抑比较多，最近有些爆发。发泄出来就好了。"

妈妈说："是的，我也在反思我自己。"

小孩在接待我的过程中始终很有礼貌，谈话也很稳妥。再看家庭教育，父母都知书达理，既不放纵孩子，也不严苛过度，这样的教育，没问题呀。

既然教育没问题，那孩子的问题又从何而来呢？我百思不得其解，最近归纳为：大概是父母太焦虑了，放大了孩子的不当行为。其实一切都没那么糟糕。

晚上十一点，我收到了顶顶妈妈发来的视频，小孩正在歇斯底里地大哭大闹。原本正在打瞌睡的我，一下就惊醒过来。我反复地看着那则视频，不敢相信这是顶顶，那个三个小时前还彬彬有礼接待我的小孩。

妈妈在微信里悲哀地说：“看，他最近天天晚上都是这样。我该怎么办？！”

我也不知道怎么办，只有劝她先安抚孩子睡下，明天再商议办法。

我虽然有过心理学方面的培训，但真的遇到学生的心理问题，那些知识只是杯水车薪。作为老师，我要用爱来接纳孩子的一切行为，要对他所遭受的不幸报以同情，但教育不能只讲情怀，更要讲技术。心理健康咨询，这是我匮乏的技术。

当务之急是要搞清楚在顶顶身上到底发生了什么。

——是家长对他要求过于严格吗？

我跟爸爸妈妈聊了，他们对顶顶并无打骂。

——会不会是遇到过猥亵，导致孩子心里紧张，但出于羞耻，不好意思说出来，只好以这样逃避的方式来发泄？

外婆说，她每天接送孩子上学放学，孩子从没有单独外出的时刻，家长监护是很到位的，他从没有独自在外落单的机会。

那还能是什么原因呢？

妈妈说，想不通，也找不出根源。

但万事总得有个根源啊，无缘无故，孩子就成了这样，叫人难以接受。

顶顶的偶尔请假成了全天请假，继而成了连续请假，他已经有半个多月没来上学了。家里带他到处求医，始终没有得出结论，只有按心理焦虑来医治。等我再跟他妈妈联系的时候，她对我说，顶顶住院了。

父母肯接受孩子的病症，并求助医疗，这是开明的父母。之前我也遇到过心理状态出现问题的孩子，她告诉我，当她向父母寻求帮助，提出想去看心理医生的时候，被父母训斥了。

“胡思乱想！”这是父母给她的回答。

很多父母能接受孩子身体生病，却不能接受心理生病，他们觉得这是一件羞耻的事。但避而不谈，问题就真的不存在吗？显然，这是掩耳盗铃。

道理是这样，现实又是另一回事。作为老师，我们跟父母交流这方面问题的时候，也要注意斟字酌句，委婉地跟家长提出来。有些家长不能接受，会觉得老师是在歧视小孩。

还好，顶顶的父母对此完全接纳。

求医是件很辛苦的事，爸爸辞了职，全程陪同治疗。妈妈在单位、家庭和医院之间三地跑。她跟我感慨真的太辛苦，不是身体累，而是心理上的压力。有一次，顶顶又大发脾气，把爸爸的手机从四楼扔了下去。每到晚上，他都哭闹不止，说自己浑身难受。妈妈一边安抚，一边跟着流泪。

她在电话里跟我说这些事的时候，我很想安慰她，但觉得语言是如此苍白无力。旁观者说的“勇敢”“坚强”，真的能让当事人勇敢坚强起来吗？必胜的信念对残酷的生活来说，真的有力吗？

“自己的孩子，没办法，”我说，“再难也只能咬咬牙。”

顶顶连续那么多天不来上学，班级里的同学自然会问起。我对他们说：“顶顶生了病，而且是很厉害的病，他现在难受得很，正在住院。我们给他折点小玩意儿，再写上祝福给他，好不好？他看了以后就高兴了，一高兴，病就会好起来的。”

同学们都说好，纷纷热火朝天地折了起来。有的折了一只小狗，有的折了一只孔雀，还有折帽子、扇子的。大家在折好的作品上写了一些祝福的话，那些童稚的话语，虽然简短，却也令人十分感动。

顶顶妈妈说，折纸送到顶顶手里，他翻来覆去看了很久，很珍惜的样子，后来哭了。

顶顶是在两个月后回到学校的。我劝他，还是来学校吧，整天在家闷着，东忖西想的，心事也多，来学校和同学们玩玩，说不定会少些烦恼。

顶顶很纠结，为难了好几天，最终决定听我的建议，回学校。

到了上学的那天，却迟迟不见他进教室。我接到爸爸的电话，说顶顶就在学校门口，但他赖在爸爸的车上，不肯下来。

我跑下楼去接他。我拉着他的手，再三向他保证："没关系，进去试试，如果实在很难受，你还是可以回家的。"

顶顶回到阔别已久的校园，同学们热烈欢迎他。他还像以前那样，安安静静地坐着，听我讲课。我刚想说"嘿，你表现得不错啊，你成功了"，他就走到我跟前，说："王老师，我还是很难受。"

"你想回家吗？"我问他。

他想了想，说："我再坚持一下吧。"

但还是很难受，他在桌上趴了一会儿，又来找了我。

我很纠结，我不知道小孩到底难受到什么程度。如果真的很难受，不让他回家，显然是在折磨他；但如果只是有那么点难受，可以克服呢？让他回家，是不是会助长他的脆弱和逃避？

“我带你去卫生室躺一会儿吧。”我提议道。

顶顶顺从地点了点头。

我带他去了卫生室，那里有张小床。“你可以躺下来。”我说。

他躺下，我摸摸他的头：“好好休息。”

没到三分钟，他又坐了起来：“还是不舒服。”

“那……要么，你坐着休息下？”

他坐了。还是没到三分钟，又说：“我还是不舒服。”

我犯了难：“哎呀，那怎么办呢？要么，你选择一个你自己喜欢的方式，让自己舒服一点。”

“老师，”他轻轻地唤我，“您相信我吗，我不是装的，也不是我的错觉，我真的难受。”

我点点头：“嗯，是的，我完全相信你，你是个诚实的小孩。”

我留他在卫生室自由休息，然后我回到了教室。一节课后，顶顶回来了，他对我说：“我还是想来试下，看看能不能上课。”

这么乖巧又这么痛苦的小孩，看得人真是心疼。我对他说：“没事，上课不要紧，落下的功课，我会给你补的。你找到一个自己舒服的状态就好。”

“我试试。”他说，然后安安静静地走回座位去坐好。

学校里的顶顶看起来似乎恢复了正常，我也松了口气。但跟妈妈一聊才知道，家里的行为问题还是很多，还是会哭闹，发脾气，还是会觉得自己头痛，全身不舒服。

我也帮着打听各种医疗信息。听说上海有一位资深医生，在儿童心理学领域里很权威，我推荐给了顶顶家里。但挂到热门医生的号，极不容易，依顶顶现在的心理状态，他惧怕人群，惧怕陌生的环境，要说服他配合治疗，真的也很不容易。

我每隔一段时间就会给顶顶的爸妈打电话聊聊。我不是专业医疗人员，但做好听众，也是有帮助的。孩子出现问题，对父母的考验特别大，家庭成员彼此都很焦虑，更加要相互团结，相互鼓劲，各自咽下痛苦。

这背后付出的心血和精力是巨大的，并且你不知道到底要往里面投入多少才能看到希望，只有不断地投进去，就像明天就能看到希望那样。

顶顶妈妈给我打电话，说着说着会哽咽起来。她说，外婆不知道拜了多少佛，求神明保佑，让孩子早点好起来。

顶顶跟我说悄悄话，他说，等以后小学毕业了，也要跟着我，一直在我的班上，一直一直和我在一起。

我捏捏他的脸：“你会长大的，要去新的学校。新老师也会爱你，像我一样爱你，因为你真的是个好孩子。”

他拿自己创作的漫画给我看，线条稚嫩，但他充满热切地向我介绍他的创作思路。小孩画的大多是战争场面，这是在暗示他内心的种种动荡吗？我没有问他，只是在每次他给我看作品的时候，摸摸他的头。“你很有想法，也很会编故事。也许你将来可以去做个编剧呢。”我对他说。

来上学将近一个月了，我感觉顶顶已经逐步适应了学校里的生活，他不会再在校门口赖着不肯进门，也能及时完成各项学习活动，不由得深感欣慰。但很快，暑假到来了。我又担心起来，每天在学校和同学玩玩闹闹，也就忘了要去忧愁，忘了各种身体的不适，现在回到家里一个人了，空空荡荡，时间也大把大把地多出来，病症会加重吗？

我决定再去家访。

到了他家，全家人都在。我们坐下聊天，我问起假期安排。妈妈叹气说：“上学期生病太久，功课落下太多，我给他报了两个培训班，结果呢，他死活不肯去。”

“那就不去嘛，”我对妈妈说，“这有什么要紧的。依他平时的学习能力，落下的这点功课，很快就能赶上来的。再说，就算没赶上，也没什么，慢慢来，不急着在暑假要马上见到效果。儿子心情能好起来，比什么都重要。”

当然，说这些话的时候，我们把顶顶支开了。这是大人之间的对话，小孩未必能理解。

我们的家长是再负责不过的家长，总是想得很多，很远，怕一步走错，步步皆错，落下了一点功课，大学就完了。紧张和焦虑就是由此而来。而风吹叶落，天地辽阔，哪里就能因此而断送一生呢？今天不会的，明天也能学，放后天也不要紧。为了成绩，丢了健康，不值得。

我建议父母带着顶顶多出去走走，可以去周边旅游下，放松下身心。

“别给他讲道理啊，”我叮嘱他们，“就是去玩，没有任何负担地玩，开心就好。”

妈妈答应了我。

离开的时候，顶顶送我下楼。我们拥抱了一下。

暑假结束，新学期开始，顶顶的状态恢复得更好了。我还是常常跟他妈妈打电话，之前是为了宽慰她，现在是为了听她说那些喜庆的话。我想多听听那些如释重负、充满喜悦的话，那让我感到，一切充满希望、欣欣向荣的感觉，真好。

这一天，我们班做学习总结，我给几个表现优秀的学生颁发了金牌，给他们挂在脖子上。我也特地为顶顶定制了一枚，上面写着五个字："勇敢者金牌"。

我对全班学生说："在过去的几个月里，顶顶的身体里住进了一个怪兽，这个怪兽折磨顶顶，给他带来了很大的痛苦。这种痛苦，恐怕连老师都很难承受住，但顶顶一直勇敢坚强地和怪兽搏斗，他为此付出了巨大的努力。所以，我觉得顶顶是个名副其实的勇士！"

全班都为他鼓起掌来。

在掌声里，顶顶一动不动地、笔挺地坐着，小手放得端端正正，安安静静地望着我，但眼泪淌了一脸。

王老师说

徐志摩写道：“我是天空里的一片云，偶尔投映在你的波心。”对学生和老师来说，又何尝不是如此呢?

于千万人中遇见你，对老师和学生来说都是特别的缘分。

两个素昧平生、毫无血缘的人，在几年的相处里，结下深厚的情缘。

也会发火，也会生气，但总也不记仇，总是很容易和好。小孩和老师的感情，就是这样的。

我留了很多学生写给我的小卡片，还有他们写的作文，甚至是检讨书，等我老了，就要坐在摇椅里慢慢看，做一个慈祥的老奶奶。

不知道他们会不会留着我给他们写过评语的作业本?

3 校园内外

送你一列绿皮火车

我在教室里发呆，学生在下面窃窃私语：“王老师生气啦。”我说：“王老师不开心呀，你们给我唱个歌吧，我就高兴了。”他们就在下面拍着手唱歌：“时间就像小马车，嗒嗒嗒向前跑。”多么好的小人儿呀。

竞选班干部的小秘密

班干部的选拔，对于一个班及其班主任来说非常重要，因为干部选对了就可以放心地偷偷小懒了，哈。

班干部怎么选呢？班主任指定，会被学生们认为搞专制，家长也会有意见；放手让学生们去自行参选、投票，完全由学生们说了算，老师又担心挑不到有能力的小助手——单有热情可不够啊。

怎么办呢？

这学期，我想了个办法，觉得可以两者兼顾。

我先在班级里宣布了要进行班干部竞选，每个学生都有参选的资格，只要准备一个简短的演讲就可以了。可以为自己拉票，但不能以贿赂的方式参选，同时也跟学生强调，要放下个人成见，公平客观地评价同学，认真使用自己的选举权。

动员全民参选，是怕学生到了高年级，就“事不关己，高高挂起”，只在意自己的学习成绩，不在意班级工作，那我岂不成了孤家寡人？还好，我的动员还是有成效的，我看到好些同学的眼睛里闪着热切的光芒，跃跃欲试。

然后，我在班里后墙上贴了一张纸，上面写着班里设立的各个管理岗位和职务，学生可以在相应的职务后面写上自己的名字，开始报名。我之所以设立这个环节，是想预测一下哪些学生会参加竞选，也权衡一下这个学生是否适合这个职务，从而提前做一些调整。比如，一个学生热情满满地想参加班长的竞选，但班长无疑是班里最要紧的职务，必须有一个肯干也能干的学生来担当，我才能放心地把事情交给他去做。如果只有热情，能力上却有欠缺，就算到时候选上了，各项工作的开展也会遇到困难。对于那些有热情，但能力欠缺的同学，最好让他们去承担一些相对简单的工作，这样既不会打击他们的积极性，也能做到人尽其用，否则他开头的热情很快就会在重重困难下被消磨掉，而老师也会陷入“要不要换人”的纠结中。所以，这个人选问题，在一开始就应该考虑到并解决掉。

班主任要做到熟悉每个学生，包括他们的处事能力、性格等方面。报名表可以在墙上张贴几日，老师多关注一下学生的报名情况，如果发现有人参选了并不那么合适的岗位，可以私下找他谈话，给出建议，让他考虑一下其他更合适的职务。这并不是歧视，而是一种合理安排。同时，班里也可以多设置一些管理岗位，比如图书管理员、花草管理员、电灯管理员等，让更多的学生都参与到管理中去，既锻炼自己，也增强班级荣誉感，同时还可以培养他们的责任心。

如果发现某个学生实际上能力很强，但在同学中人缘不是太好，老师也可以在选举前帮着发动发动，造造声势。比如到学生当中了解一下这个同学的口碑，既要帮着说几句话，也要注意事后把这些学生提的意见反馈给这个同学，帮助他改进。班干部是需要不断培养的，而不是现成就放在那里，老师只管拿过来差使就够了。有些学生或许天生就有这样的管理才能，但对大多数的学生来说，他们需要老师在一旁提供指导，给予细节上的帮助，才能更好地胜任职务。

到了正式选举的那一天，每个学生都拿到了一张选票。学生填完选票后，当场统计，在黑板上公开票数，宣布当选的学生。这样，全班学生都会觉得很公平，也能帮助这一届的班干部树立威信。这学期，班里还设立了大法官、陪审员，专门负责处理学生之间的矛盾纠纷。我还给他们颁发了聘书，写了祝词，“希望你公正正直”之类的，让他们在台上读了一下，学生们还挺激动的。

选举结束以后，也要关注落选者。要在事后找他们谈谈话，分析一下失败的原因，给他们鼓鼓劲儿，不然这些学生受到打击后，很可能下学期就不参加竞选了。要让学生明白，成功者或许只有一个，但优秀者却有很多。

倔强的理由

期末考试结束了，但学生们还要在学校待一个星期上兴趣课。我进教室的时候，学生们已经乖乖地在桌上摆好了暑假作业本。我说，作业写累了吧？今天这节课来做游戏吧。

他们爆发出一阵欢呼，兴高采烈地把作业本塞进课桌里，差点儿拍起了桌子。

游戏很简单，就是我在本子上写一个数字，他们挨个儿猜，我根据他们所猜的数字不断缩小范围，最后猜中的那个学生，可以任意叫一个同学上去表演节目。被叫到表演的人不得拒绝。

我们玩得很高兴。这一次，小柔猜中了数字。她扫视了一下全班，指着小宇说："请他上来绕着教室跑一圈，得戴着女生的发箍跑！"

全班哄笑起来，我也觉得这个主意好玩，大家推推搡搡地把小宇架了上来。几个女生把发箍摘下来，争先恐后地递过去。小宇涨红了脸，不肯戴，说："我可以给你们表演铁头功！"

边说边把头往黑板上撞。

我拉住他说："不行，大家刚才说好的，不可以拒绝的。你有点儿娱乐精神嘛。"

小宇还是不肯戴发箍，他试图用手去阻挡别人的热情，但几个学生拥上来，抢着打扮他。最后，发箍终于戴在了他汗津津的头上，他马上扯下来，挂在自己的眼镜上，冲回了自己的座位。

正好这时下课铃响了，大家散了，各忙各的去了。突然有学生来告状："小宇跟同桌吵起来了！"

我抬头一看，小宇正气呼呼地踢同桌女生的椅子，女生正眼圈红红地要掉眼泪。看到我不满的目光，小宇脸上的表情更愤怒了，翻着白眼回敬我。

我走过去，把他叫到一旁，问他为什么欺负女生。

他眼泛泪光，声音低低的，好像再多说一个字，眼泪就要滚落下来。

我不禁觉得好笑："你是不是觉得刚才同桌起哄让你戴发箍，伤害了你男生的尊严？"

他很受伤地点点头。

"这就是个游戏嘛！"我说，"你看张科科也是男生，不还抢着戴？大家就闹着好玩儿而已，用不着这么生气吧。再说，刚才子豪被罚跳芭蕾舞的时候，你还坐在下面笑呢。看人家开心，怎么轮到自己就生气？”

他倔头倔脑地保持沉默。

我想叫同学跟他说说，也许会比我跟他谈话要好，就叫了张科科和潘亮亮陪着小宇去楼下走走，聊聊这个事，叫他们聊完后带着小宇去洗个脸。

我原以为这事也就这么过去了。谁知过了会儿，科科到办公室来找我，说小宇又在打同桌了。我说：“你跟他没谈通吗？”科科摇摇头。

我去教室找来了一脸怒气的小宇，将他带到办公室，请他坐在我的对面。

我问他：“刚才两个同学跟你聊了吗？为什么谈不拢呢？”

他沉默了好一会儿，低声说：“他们说，就当这个事没发生过好了。”

原来这俩男生这么不会劝慰人啊。我忍着笑，说：“但你认为，发生就是发生了，不能当作没发生，是吧？”

他点点头。

我从抽屉里扔出几颗牛肉糖给他，他不碰。我就自己剥了一块，想了想，说：“别人觉得好玩儿的事，你未必觉得好玩儿。这个我理解。但事情既然发生了，不能回到没发生的状态，我们现在要思考的，是如何来处理。你想得到什么样的结局？”

他说，想让同桌道歉。

其实，我也有点儿愧疚。因为一开始就是我出的主意，我以为他们还是群小孩，怎么玩闹都没关系。但事实上，他已经是一个大孩子了，懂得捍卫自己男孩子的尊严了。

要让自己向一个学生道歉还真有点儿不容易，不过我还是愿意用自己的诚恳来改变他的态度。

我说：“你看，今天我把你叫来，我们好好地说这件事，你告诉了我你的想法，我也说了我的意见，我们很快就能把问题解决了。所以，有矛盾不要紧，关键在于解决的方法。同桌对你起哄，你不高兴，你可以像我们现在这样，找她单独谈谈，说说自己的想法，大家就吵不起来了。你用暴力来对付她，只能使你们的矛盾越来越深。当然了，我没有及时体谅你的心情，让你做了你不愿意做的事，我也应该向你道歉。等下去班里，我和你的同桌向你道歉，你的心情会不会好些？”

他看着我，点点头。

我又说：“你也应该向同桌说声对不起，毕竟她不是恶意来欺负你，只是跟你闹着玩的。你不必生这么大的气，宽容一点儿吧。”

小宇虽然没说什么，但从眼神来看，他已经完全接受了这个解决方案。他跟我说了声“谢谢老师”，就回教室去了。

我也应该引起注意，他们已经不是小孩子了，我不能再像过去那样，随意拿他们开玩笑。我也应该花更多的耐心去倾听他们矛盾的来龙去脉，努力做到公平公正并且平等，那样他们才愿意听我的话。

你有一颗金子般的心

小琪是一个很霸道的小女孩，下课的时候，经常能听到她训斥同桌男孩。我听到了总忍不住要说她："女孩子应该温柔一点儿，你怎么老这么凶？"

最严重的两次，一次是中午吃饭时把汤从那男孩的头顶倒了下去，因为他没有及时归还汤勺；一次是伸手就给了前桌女生一个巴掌，那女生是个非常老实的小姑娘，愣愣地看着她，都来不及反应。

小琪的家长比较忙，平时都是奶奶来接送的。我把她欺负同学的事写在联系本上，想提醒她爸爸重视孩子的这个问题。她趁我不注意，竟然大胆地把那页纸撕掉了。

这个女孩，在班上俨然成了一个小魔头。虽然我对她进行了多次镇压、劝说，软硬兼施，她也有了些进步，但时不时地，总还有同学来告她的状。

今天早上，全校学生在操场集会升旗。站在队伍最前排的可蔚突然哭了起来，紧接着，哇的一声，把早饭都吐了出来，酸臭的味道顿时弥漫开来。学生纷纷捂起了鼻子，露出嫌恶的神情。

我要拉着她去卫生间处理，随口问道：“谁愿意来帮着打扫一下啊？”

本来心里做好了没人举手的准备，因为以往有人呕吐的话，我都是自己去清理的，我心想学生肯定会嫌脏的。没想到，小琪一边捂着鼻子一边很快地举起了手，我不禁心中一阵感动，嘱咐了她几句，就带着可蔚去卫生间了。

等我帮可蔚收拾好，又给她妈妈打完电话，正好碰到小琪提着拖把从操场回来，正要去清洗。我回到教室，对学生们说：“等下小琪进来的时候，我们要全班一起鼓掌。你们知道为什么吗？”

有人说，是她过生日。也有人说，因为她上次考试成绩好。看来，还有不少人没看到她刚才的举动。圆脸的小姑娘仇婷站起来说，因为刚才有小朋友吐了，小琪在帮忙打扫。

“对呀，”我说，“有不少同学看到别人吐了，觉得很脏很臭，把鼻子都捂起来了。小琪却举手帮同学去打扫，她的这种高尚品德，多么值得我们鼓掌呀。”

正说着，小琪从外头进来了。不等我喊开始，班上就爆发出一阵热烈的掌声，孩子们用真诚的笑脸夸赞着她。她害羞却满面笑容地回到了自己的位置上。

我对她说："你有一颗金子般的心。"

我相信，她一定会成为一个温和、宽容的好姑娘。

完美南瓜和烂南瓜

学生到了三年级，简直就是狗也嫌的年纪。一、二年级的时候还好掌控，我说啥就是啥，一上三年级，顶嘴也来了，插话也来了。

“你们说，这样对不对？”我在台上问。其他学生都大声回答说“对”，只有小宇和小潘在座位上嬉皮笑脸地说：“不——对——”学生们哄堂大笑。我用眼神警告过，也叫过来批评，但都不见效。倒是小潘，每每受了批评，还特别不服气，梗着脖子想顶嘴，气得我头痛。

再这样下去可不行，不把他们几个降伏，整个班都要掌控不住了。小孩是很容易有样学样的，到时候班里一个个都倔头倔脑、油盐不进，我还怎么上课啊。

我给小宇、小潘和侃侃三个男生发去了邀请函：

“中午十二点三十分，请出席茶话会。地点：二楼图书室。”

三个小孩接到邀请后，露出十分兴奋的神情。小宇在午饭后还特地跑了两趟来问我，看时间到了没有。

终于盼到了十二点三十分，三个人准时出现在图书室门口，眼巴巴地等着我去开门。我一出现，他们就发出了一阵欢呼。

图书室窗下有一张桌子，摆着四把颜色可爱的小椅子。我们正好一人一把坐下。我递给他们一人一杯奶茶："喝吧，我请你们的。今天我们开个茶话会。"

三个人兴高采烈地接过奶茶，安安静静、斯斯文文地坐在那里，一口也没喝。

"喝吧。"我笑笑说，"别让茶凉了。"

侃侃这才低头小心翼翼地啜了一口，很珍惜的样子。

我暗暗笑了笑，一本正经地说道："今天，老师请你们来开这个茶话会，是有一些话想对你们说。你们猜猜看，我想对你们说什么？"

小宇举起手，说："我猜，你想说我们平时纪律不太好的问题。"

我点点头，说："是的，你说得没错。你们都长大了，我不想在全班面前批评你们，这样太没面子了，是不是？所以我把你们叫过来，咱们单独开个会。你们愿意听听老师是怎么想的吗？"

三个人都说好。

嘿嘿，看来奶茶很有效。我又说："我知道，到了你们这个年纪，有了自己的主张，有了自己的看法，你们觉得自己不再是小孩子了，很希望别人能看到你们的与众不同之处，是吧？其实我也很愿意听听你们的想法。不过，上课的时候如果想表达不同的意见，应该举手，征得老师的同意之后再发言；在老师说话的时候，也不能随便插话。你看，你们说话的时候，老师也从来不打断你们，是不是？因为这是对别人的尊重。要表达自己，也要倾听别人，你们说对吗？"

小宇默默地喝着奶茶，小潘和侃侃害羞地笑了笑。

"好了，响鼓不用重敲，你们都是聪明的孩子，一定明白老师的意思。"我站起来，"你们慢慢喝，喝完了帮我把门关上。如果有什么想告诉老师的话，可以单独来找我。"

我踌躇满志地离开了，对这次谈话的效果有十足的把握。

那周的周记作文，小宇写了一篇文章，题目是《完美南瓜和烂南瓜》。他在文章里写道："这个星期，王老师叫我去参加了一次座谈会，还给我喝了杯奶茶。我原先觉得很奇怪，因为被老师叫去单独谈话，在我的印象里，只有李婷、戴睿这样的'完美南瓜'才能拥有这样的待遇，没想到我这样的'烂南瓜’也能有。我觉得非常开心。”

我给他的回复是：“在老师眼里，从来没有，也永远不会有什么完美南瓜和烂南瓜。你们都是好南瓜，老师公平地爱着你们每一个人。加油！”

这真的是我的心里话。

睡不醒的孩子

我曾遇到过一个孩子：上课的时候永远在打瞌睡。我走下去轻拍他肩膀，他勉强睁眼看我一下，然后继续睡觉。偶尔不睡的时候，他也从不听课，即便是上课前师生相互鞠躬问好，他也不肯站起来，只用轻蔑的眼神斜视着我。他不写作业也不交作业，我问他为什么不写，他就满不在乎地回答："不会。"

终于有一天，我对他失去了耐心。那天课上，当他再一次睡着的时候，我发火了，走下讲台，狠狠地拖起他："不许睡！认真听课！"他一把把我的手甩开，继续趴下睡觉。我又拖起他，他再甩。最后，他冲我大吼："去你的！"然后，他走到教室外的走廊里，仰面睡下，怎么拖也拖不起来。

校长过来带走了他。再后来，校长告诉我，这个孩子是有病理性的原因，得了白天嗜睡症，要服用兴奋类药物；晚上又变得十分兴奋，难以入睡，要服用帮助睡眠的药物。也许是因为长期吃药的缘故，他胖了许多。校长还给我看了一个当地论坛上的帖子，是这个孩子的妈妈写的。她在论坛上向网友求助，问大家该对这个孩子怎么办。

知道了这些背后的原因，我觉得心里也挺难受。有天跟其他学生聊天，我就问他们，对这个男生的印象怎么样。几乎所有的学生都说他很讨厌，大家都不喜欢他，也没人跟他聊天。我听完心里又是一紧：这个孩子，该有多么痛苦，多么孤独，又多么无助啊！

我想向他表示我的善意，但他并不领情。偶尔有一次他做完作业，写得还不错，我给他写了一大段评语，表扬他做得好。可是如同石沉大海，没有回音，他看到我还是那种漠然的表情。值周的时候，他被我查到迟到，我没有给他扣分单，只是提醒他明天再早五分钟起床试试，还拍拍他的肩膀，叫他加油。他不置一词，第二天还是迟到，不过比前一天稍微早了那么几分钟。我还是表扬他："你比昨天有进步，明天再起早些试试。"

六一儿童节的时候，所有学生都去操场了，大家兴高采烈地参加跳蚤市场活动。我去教室巡视，发现他一个人呆呆地坐在教室里。

"你怎么不去呢？"我问他。他勉强笑了下："不想去。"

“去吧，很好玩的。”我边说边把风扇关掉，“赶快下去玩玩。”

他“哦”了一声，这次他听了我的话，下楼跟同学去玩了。

我找了他的几个同学谈话：“他太孤单了，所受的打击也太多了，一定很痛苦，只是他不知道该怎样排解他的苦闷。你们不要排斥他，多多包容他吧，有空陪他一起聊聊天，做做游戏。”孩子都是善良的，他们爽快地答应了。

偶尔在学校里遇到，他和我还是匆匆擦肩而过，并不与我打招呼。上课的时候还是睡觉，但交作业的次数稍微多了几次。“尽管还有拖欠作业的现象，但总比以前好很多了。”我这样对自己说，“不要拿他跟别人去比，只要他比以前有进步，就是好的。”

但没等我多夸他几次，这一学年结束了。从四年级开始，我没有再教过他。

时间过得很快，到了他毕业前夕。他越加胖了，但脸上的表情不像以前那样总是带着怒气，虽然还是沉默居多。有时在走廊上碰到，总是我先跟他打招呼，他才冲我笑笑。那笑容转瞬即逝，仿佛笑得很艰难。我决定送他一份毕业礼物。

我去书店买了一本周云蓬的《绿皮火车》。这个特立独行的盲人歌手，也是我喜欢的诗人，他在书中记述了他在北漂过程中所遭受的种种打击、挫败、潦倒，但最终他坚持下来了。周云蓬的那种豁达和幽默都很打动我。我想把这本书送给那个孩子，希望周云蓬的这些故事能鼓舞他。在书的扉页上，我认真写下了一段话："我一直觉得你很与众不同，希望你继续保持你的个性，同时也学会和别人善意相处，不要让这种个性伤害到关爱你的人。成长路上的种种困难，最终将积累成人生的丰厚财富。永远年轻，永远热泪盈眶，永远不听话，老师期待你长成更好的人！"

毕业典礼结束后，我把这个孩子叫到办公室，郑重地把这本书送给他。然后，他向我鞠了一躬，很认真地鞠躬，他对我说："谢谢老师！"

这是三年来，他唯一一次对我说谢谢。

当你看到一个孩子倒在地上或者对你拳打脚踢的时候，这个孩子心里的悲哀和愤怒，你是否体会得到？一个孩子，他只是不知道该如何表达自己心里的情绪，而不是成心要做个耍无赖的坏孩子。我诚恳地建议你，握住他的手，告诉他："老师知道你心里很不好受，先起来，老师带你去洗个脸，然后，让我们坐下来好好谈一谈吧。你愿意把你的苦恼告诉我吗？老师愿意帮助你。”当你听完他的故事，再亲自去他家家访一次，很多行为背后的原因，你就会明白了。

学币的故事

上了五年级，学生们上课的举手积极性下降了许多，举来举去就那么几个人，大部分学生都沉默着。不交作业的那几个还是雷打不动地继续不交，每次布置的课文背诵、词语默写情况也不够好。至于那几个考试老大难同学，总是徘徊在低分附近，每次结算分数，都算得我脑袋大。

我决定做点儿什么，改变一下这个状态。结果怎样不好说，但起码要试一试，不然就这样熬到六年级，我自己也受不了啊。

我开始在班里推行学币政策。我先是去网上买了十几个卡通印章，自动出油的，手感很好。吧嗒吧嗒盖印的时候，看着白纸上出现一个个举着小牌子说“太棒了”的小青蛙，或者喊着“书写漂亮”的小熊时，我忍不住笑起来，连大人都喜欢的印章，小孩一定会更喜欢吧？

然后，我制订了详细的操作方案：作业本得到六星的，可得一个“太棒了”印章，价值两学币；书写干净漂亮，没有用修改液的，可以得一个“书写漂亮”印章，价值一学币；上课举手积极的，某个问题回答得特别好的，考试进步很大的，作业全部交齐的，等等，都可以得到数量不等的学币。

之所以叫学币，是因为它在本班内能作为流通货币使用。在期中和期末阶段，班里将举行跳蚤市场，用各人手中所挣的学币来购买。

方案制作得很详细，也意味着操作起来很麻烦。不过这个难不倒我，我聘请了一批小助手，帮我掌管各种学币的发放。能给老师做助手，是孩子们梦寐以求的事，我很快就招到了。

在活动实施前，我先给助手们开了一个会，向他们表达了我的期待，希望他们工作认真仔细，尤其要公正，不能利用职权，偏袒自己的好朋友，或是以公谋私，从中贪污学币。

所有助手都向我保证一定会好好工作，不辜负老师的期望。

我发给助手去盖章的都是办公室用剩的打印废纸，反面还是空白的，可以再用。印章盖完后，就一个个剪下来。因为这些废纸是老师办公室独有的，避免了班里学生自己去网上购买印章，自己来制作学币的可能。况且，还挺环保的呢，一举两得。

我把学币规则贴到教室墙上，是我自己手写的。很久没有这样端正认真地写一篇字了，因为充满了热情和期待，第一张上写错了一个字,我还扔掉重写了。我要一张完美的规则告示!

下课后，告示前挤满了学生，一个个抬头看着，兴致勃勃。这天接下来的语文课，举起的小手，发言的学生，比以往任何一节课都多。看来初见成效，我很高兴。

效果能持久吗？不好说。小孩是很容易来兴致，但也很容易喜新厌旧的。不过不要紧，我会不断想新办法出来的。道高一尺，魔高一丈。

学币政策有条不紊地推展开来，上课纪律、考试成绩、作业质量确实都有了些提高，我不禁暗暗得意。不过活动要引起全班学生参与的兴趣，不能变成只是对学优生的奖励，而忽视了那些学困生。比如针对上课举手发言这一项，我做了个调查，是两道问答题：1. 你愿意上课举手吗？ 2. 为什么？

交上来的回答让我颇感意外，不少学生给我的回答是：不愿意。不过原因又分两个，一是学优生觉得题目太简单，没有什么回答的兴趣；二是学困生或成绩中等的学生说很想回答，但是不敢举手，怕别人取笑。

知道了学生这个心理原因后，我对那些表示“想举手又不敢举手”的学困生群体做了记录，上课时常把一些简单的问题抛给他们，并给予积极及时的肯定和鼓励。当他们答错的时候，我也为他们撑腰，不许其他人嘲笑。很快，举手回答的氛围就变好了，即便是成绩不够好，但是因为上课表现积极，也能挣到学币，学生们参加这个活动的兴趣更浓郁了。

一切都是那么完美，能干的小助手，被我成功鼓动起来的孩子们，让我简直要得意起来了。这时，班里有人来告状：作为小助手之一的潇潇同学有为自己私发学币的嫌疑！

潇潇是我的得意门生，成绩倒不见得出众，但是为人很积极也很勤快，帮我做起事来总是那么快乐、那么投入。说她为自己私发学币，我还真是难以相信。

我把她叫到办公室，单独谈话。为了不伤到她的自尊心，我很委婉地问她："最近学币数了吗？挣得多吗？"

她用坦诚的目光看着我，说："我挣了很多啊。"我又提醒她："没数错吧？大概有几个学币了？"她告诉我，有一百多个了。

"比徐燕燕还多吗？"我问。她迟疑了一下，说是的。

"徐燕燕考试总是第一名，作业质量也很高，所以学币特别多。"我说。

"我上课举手很积极，所以我在这块得的学币多。"她说。

我想了想，决定对她直接指出："我今天之所以问你这些，是有同学来反映，说你为自己私自多发了学币。我一直都很信任你，所以我找你来，想听听你自己的说法。你有什么想说明的吗？”

她眨巴着眼睛：“王老师，这些学币，真的都是我挣来的。”

“你说，我就相信。”我告诉她，“因为我信任你，你是我最得力的小助手，也请你给同学们做个说明。如果你确实秉公处事，你可以理直气壮地告诉大家；如果你做错了什么，也请诚实地说明。正视自己的错误，并改正，才能得到别人的原谅和尊重。你好好去想想吧。”

她“哦”了一声，出了办公室。

第二天早自修，她走上了讲台：“我负责发放学币，我承认，我是给自己多发了学币。我在这里向大家诚实地承认，请大家原谅我。我以后不会再这样做了。”说完，她朝台下鞠了个躬。

这样直言不讳地承认自己的过错，潇潇的坦率让我意外。我被她打动了。虽然这是个错误，可这也是成长的经历。

“潇潇是个勇敢的人，因为正视自己的错误是这个世界上最需要勇气的事。”我说，“这事就到此为止，我相信她一定会改正，并且把这个工作做得更好。其他小助手也要引以为戒，你的权力，也是一份承诺、一种督促，无论怎样，一定要做个诚实公正的小管理员。”

从那次以后，我再也没接到过类似的投诉。

期中很快要到了，也是班里第一次举办跳蚤市场的日子。

在活动前，我叫课代表去做了个调查，把每个学生现在手头有的学币数做了登记。这个呢，一来是方便货物定价，定价要符合班里大多数学生的学币数额现状；二来也是摸个底，看看哪些学生连一个学币也没有，最近要抓紧时间发放一下，免得到时只能羡慕又失落地看着别人玩。

课代表很快把这项工作做好了。最“富有”的那几个学生，学币多达一百多个，小毛、小强、晶晶这几个孩子却一个都没有。

接下去的那几天，我在语文课上就尽可能地向他们倾斜一点儿。只要他们上课举了手，就一定请他们站起来回答，以便拿到“积极发言”印章。作业本上也相对放宽要求，多给打几个小红星，帮助他们拿到“太棒了”印章。

但这种做法不能说，也不能太明显，因为小孩的心是很敏感的，我不想让他们知道这是在额外照顾他们。

盼望着，盼望着，周四终于姗姗而来了。

心急的学生已经把要卖的货物拿到我办公室了。本次跳蚤市场所有要卖的物品，都由我和学生自己提供。对货物的要求是：最好是新的。如果不新，也要看起来干净、漂亮。每人提供两样物品。

学生们很积极，尤其是晨晨，带来了漂亮的蝴蝶翅膀道具，还有各种装饰品，引得女生们哇哇大叫。

涛咪妈妈给我打电话，说打算去批发一些文具来送给班里的市场。涛咪很担心妈妈不能准时送来，一天要跑好几次办公室。我下课的时候告诉她，妈妈已经打来电话，下节课就能送到了，她这才松了口气。

中午，我吃完饭回到办公室，发现她和小蔚正蹲在地上看着堆积的货物。

她见我进去，不好意思地笑笑：“唉，我对我妈的眼光很无奈。”说罢，不好意思地跑走了。

为了照顾那些学币比较少的孩子，我专门准备了一个学币一支的铅笔，还准备了一个大红箱子，花两个学币，并把写有自己名字的小字条扔进箱子，就可以参加一次抽奖。跳蚤市场的最后，是激动人心的抽奖环节。

在万众期待中，跳圣市场开市啦！

喧闹，拥挤，欢笑，抢购，推搡，分享……我在孩子们中间穿梭着，看着他们的笑脸和专注的神情。所有的孩子都喜笑颜开，生机勃勃。

“这是我喜欢的工作，”我这样想着，“我要永远做一个老师，一个和孩子们在一起的老师。”

是的，人有时会被自己的情怀感动。

抽奖是最激动人心的时候，所有孩子都坐在地上，抬头看着我。我站在台阶上，把手伸进大红箱子。

“我的！我的！我的！”他们激动起来，伸长脖子，眼睛里闪着亮晶晶的光芒，齐心协力地喊着。

“史小蔚！”我大声喊出得奖者的名字。

“唉——”他们垂头丧气地一起大叫。

最后，不管中没中奖，所有孩子都是欢喜的，高兴的。

活动结束后，有几个男孩子留下来，主动打扫了场地，还把桌子搬回美术室去了。

这是孩子们给我的奖品，我也很高兴。

可疑的星星

期末阶段，对学生和老师来说都是一种煎熬。对学生来说，意味着骤然增多的作业；对我来说，则意味着每三天用完一支红笔芯的批改量。

语文复习，首先要过关的是字词句这些基础知识。为了激发学生的默写兴趣，我在班里实行了小组竞赛制。我在墙上贴了一张“默写风云榜”，上面是八个小组，每个小组内的组员我都经过权衡和调整。比如一个组内不能全是学霸，这样会导致其他组没信心，也不能同时有两三个学困生，让本组成员对获奖失去动力。平时每默写一次，全对或只错一个，便可算过关。个别学困生，实在有困难的，可以放低到错五个过关。跳一跳都能摘到桃子，大家才会对游戏有兴趣。

过关一次，便可在风云榜里打一个五角星，为本组争得一分。到最后统计，看哪个组五角星最多，即为胜利。“能拿大奖！”我说。他们兴致勃勃地抬头看着我：“什么奖品？什么奖品？”我一时豪情万丈：“得第一名的小组，老师请吃肯德基全家桶！”

台下的学生嗷嗷叫了起来：“我们一定得第一！”

紧张的复习阶段看起来难挨，但日子真过起来也很快。一转眼就到了期末考试前一天，要对各组的五角星进行统计了。这时，有人来举报：“第四组的五角星最多，有二十颗。但据我们观察，他们根本不可能拿那么多的！”

要核实这些情况，真是怪烦的，但涉及班里的公正公平，又不能不查。我去数了数各组的五角星数，大家的比分咬得很紧。难怪有人来举报，这可牵涉到肯德基大奖呢。

我正襟危坐于讲台上，不紧不慢地开了腔：“有人对第四组的五角星数有怀疑，认为不准确。那么现在，老师请第四组的同学起立，向全班表个态。如果确实不够准确，可以去改过来，我就不追究。”

第四组的学生理直气壮地站起来，异口同声地说：“我们的五角星数量没有问题！”

“那么，请你们向大家展示你们的默写本和默写卷子，来证明你们没有问题。”我说。

这一组的学生一个个都展示了自己的默写作业，我数了数，果然没问题。

“那么，其他组也向全班证明一下本组的五角星数量是没有问题的。”我又说。

各组把自己的作业拿出来，分别数了数，其中有两个组多报了一颗五角星，有一组少报了两颗五角星。

第四组的学生露出得意的表情，尤其是科科和小毛。以他们平时默写总是不及格的水平，这次也给本组争得了三个五角星，真是太难得了。

我对学生们说：“我更愿意相信，两个多画了五角星的小组，不是成心不遵守规则，而是自己搞错了。我也更希望大家都遵守规则，同时也信任别人，不要无端地怀疑，不要以为别人也许做不到，就给别人这样莫须有的罪名。得奖很重要，但班级团结、真诚更重要。”

下午，我买来了肯德基全家桶。拿到教室的时候，全班都沸腾了。科科很嘚瑟地拿了个鸡腿大啃，有同学凑过去，围着他，叫：“给我吃点儿！给我吃点儿！”他很大方地把鸡腿递过去给别人咬。他们啧啧称赞着：“真美味呀！”

可不是？老师请客的鸡腿，总是比爸爸妈妈买的更好吃！

仓鼠基金失窃记

做老师的经常会接到学生的投诉或告状，容易有侦探瘾，抽丝剥茧、顺藤摸瓜、一举告破、弄清真相时的爽快和痛快，不是加工资、发奖金之类的开心可比拟的。

这天，我下楼去倒垃圾，路过门卫室时，看到小雷正唉声叹气，他刚刚挂上门卫室旁的公用电话。这个小孩虽然不是我班上的，但我常常在走廊里碰到他，他也常跟我打招呼，所以认识了他。

我走过去问他怎么了。他哭丧着脸说：“我的钱丢了，二十块钱呢！我刚才给我妈打电话，我妈说我活该。”

“干吗带这么多钱到学校？”我问。

“我要买小仓鼠啊，”他说，“同学们都买了，就在学校大门旁，那里有个小摊。”

“小仓鼠卖多少钱？”

“十块钱一只，笼子也是十块钱，所以我带了二十块钱。”

“你带了这些钱，同学们知道吗？”我的好奇心和侦探瘾都被勾起来了，忍不住问了下去。

他想了想，说：“给小丁看过，因为他是我的好朋友嘛。我给他看完，就把钱藏到书包里，然后就上体育课了。等我上完课回来，钱就不见了。”

“小丁有小仓鼠吗？”我问。根据以往的破案经验，小孩拿钱，一般都会有很明确的目的，不太容易藏得住。

果然，小雷说，小丁有一只小仓鼠，是中午刚买的。

小丁有很大嫌疑，我这样想着，但不动声色。我摸了摸小雷的脑袋，说：“这样吧，我来帮你找一找，不过我可不保证一定能找到啊。我试试，好吧？”

“好啊，谢谢王老师！”他露出兴高采烈的神色来。

我让他先上楼去，装作没事一样，不要跟任何同学提起我跟他的这些对话。过了会儿，我假装随意路过小雷班的门口，学生们正在你挤我推地玩闹着。趁别人不注意，把小丁叫了过来。

“来帮老师做点儿事。”我对小丁说。

这是我第一次见到小丁，他长得黑黑瘦瘦的，眉眼老实，看起来不像是个坏小子。他犹豫了一下，跟着我往楼下走。

我带着他来到操场。空旷的操场上，没有一个学生，风暖暖地吹过来，一只小鸟倏地落下，神气活现地走上几步，又倏地飞走了。

是个谈话的好地方，我心想。

我看了看眼前的这个小男孩，正想着怎么开口打破这个沉默，他倒沉不住气，先开口了："老师，你叫我下来，是为了小雷丢钱的事吧？"

嗬，说话的语气挺小大人的，先下手为强吗？我忍不住笑了一下。

他很真诚很急切地向我说道："我没有拿小雷的钱，真的！"

"我也没说你拿了别人的钱，我只是来调查调查，了解一下情况。在你这里调查完了，我还要去调查其他人呢。"我说。

他不说话了。

"好吧，来聊聊你的小仓鼠吧。是今天买的吗？"我问。

"是的，十块钱一只，在学校旁边的小摊上买的。"

"你今天带了多少钱来上学的？"

"十块。爸爸给我的。"

这时，我发现他的裤兜有点儿微微地鼓起，便问："兜里装了什么？”

他掏出一包饲料来：“给小仓鼠吃的饲料。”

“多少钱？”

“一块钱。”

“买小仓鼠十块钱，饲料一块钱，一共需要十一块钱。”我给他算了笔账。

“饲料是捡的，在学校楼梯上捡的。”他解释道。

我不动声色地继续问道：“那装仓鼠的笼子，是怎么来的？”

“今天早上，我发现我原先那只仓鼠死了，我就把它扔了。这个笼子是原先那只仓鼠用的，不用花钱。”

“哦？仓鼠是怎么死的？”

“我到教室后发现我的仓鼠死了，就把它扔在教室后面的垃圾桶里了。”

“你把仓鼠留在教室过夜了？”

“是的。”

“我路过你们班教室时发现，垃圾桶还没有倒过，那只死掉的仓鼠，应该还在里面了？”

他迟疑起来，说：“其实，现在的这只仓鼠，是我中午在操场草丛里捡到的，不是买的。”

饲料是楼梯上捡的，仓鼠是操场上捡的，哈，这个运气，也好得太离奇了吧?

我决定使出我的撒手锏：“好，仓鼠和饲料都是捡的，是这样吧?”

他郑重地点了点头。

“很简单。”我站起身来，“学校大门口就有监控，我们一起去看看你进门时到底手里有没有拿着小仓鼠，就清楚了嘛。”

他顿时不作声了。

事情已经很清楚了，但我要让他自己承认。

“你好好想一想，把事情的经过想清楚，再跟老师来说一次。我可以向你保证，这次谈话，我不会告诉任何人。”我说完这话以后，久久地看着他，一言不发。

他继续沉默，但那张小黑脸已经涨红了。

时间仿佛过了很久很久，他还是不说话。我估算着他的心理防线已经崩溃，可以一举拿下了，便按着他小小的肩膀，轻声问：“是你，对吗?”

他没抬起头，只是微微点了下头。我突然有一种如释重负的感觉。

我问他：“你打算接下来怎么办？”

“把钱还给小雷。”他低声说。

“可是你已经把钱花掉了。”我想了想说，“这样吧，这二十块钱，我借给你。你不用急着还给我，慢慢攒，等你的零花钱攒够了，再还我。”

他点了点头。

“抬起头，看着我。”我严肃地对他说，“小雷只把钱给你一个人看过，为什么？因为他很信任你，他想跟你分享他的开心。你不应该辜负他的信任！以后，千万不能再做这样的事了，懂吗？”

他又点点头。

“直接把钱还给小雷，也许这会让你难为情，你可以悄悄把钱放在他的课桌里。小雷那二十块钱，是两张十块的，还是一张二十块的？”我问。

“是两张十块的。”

“好，我这里有两张十块的。你拿去，把钱放好。记住，以后千万不能再做这样的事了！”我从包里拿出钱，递给他。

他转身向教室走去。

连谢谢也不跟我说一声吗？我有些失落，不过转而又安慰自己，不管怎么说，案子告破了，这事解决得还不错嘛。

回办公室的路上，遇到了这两个孩子的班主任。我把这事告诉了她，跟她开玩笑道："你可别怪我多管闲事啊。"

班主任听我说罢此事，苦笑了一声："王老师，其实，小丁拿别人的东西，这不是第一次了。上一回，他趁其他班里的同学下楼去上体育课，到人家班教室里去拿文具，还拿了不少。我跟他的父母都联系过了，也教育过了。因为考虑到小孩的自尊心，我也没在班里同学面前公开处理，没想到……"

我原本还挺高兴的心情，又一下低落起来。唉，竟然不是初犯！我刚才这样宽容地处理，又替他遮掩，又替他善后，会不会使他心存侥幸，下次还犯呢？

我也迷茫起来了。

丢失的一百元

小荣愁眉苦脸地来找我："王老师，我的钱丢了。"

我正在奋力改作业，一听丢钱，不免生气起来："都说了叫你们别带钱来学校，你还带，真是的。丢了多少钱？"

她的嘴巴翘得老高，带着哭腔说道："一百块。本想放学后去给公交卡充值的。"

原来不是为了放学后去买零食，我不禁心里一软："好吧，等下我去班里看看。"

做老师的都知道丢钱是班级管理中最让人头疼的事，现在的小孩，一个个都精得很，想找出案犯，谈何容易？要是摆出阵势而最后又没抓出人来，不但会降低老师自己的威信，而且也让学生掂量出了老师的水平，下次再遇到类似的事情，破案的难度就更大了。

到了班里，发现学生大多出去玩了，只有几个女生留在教室里，她们正在议论小荣丢钱的事。我过去问话。本想问出点儿线索，谁知道她们围上来，你一言我一语，各种线索一大堆，听得我脑袋都晕了，反而不知道该从何处下手。

我想了想，叫其中一个女生下楼去操场，把全班同学都召集回来。然后，我把教室后面的信箱拿了过来。这个信箱，是班里的学生平时用来给我写信的。

学生们陆续走进了教室，见我表情严肃地站在讲台上，就赶快回自己座位坐好。

我清了清嗓子，说："今天中午，小荣同学丢了一百块钱。我可以肯定，这钱，就是在教室里丢的。"

讲台下面嗡嗡嗡的，学生们露出惊讶的神情，小声议论起来。我飞快地扫视了一遍，每一张小脸都显得那么吃惊，那么……咳，无辜。

看来第一步"隔山打牛"是行不通的了，我又慢慢地说道："你们大概都不知道吧，其实，每个教室里都有一个秘密的摄像机，当然，你们是看不出来的，因为它很隐蔽。校长就在他的办公室里，观察着每个同学有没有好好上课。我之所以一直没有告诉你们，是怕你们紧张。"

台下学生的表情更震惊了，有人小声惊呼道："不会吧？！"骗小孩是不对的，但若不如此，我该怎么办案呢？唉。

“其实，这个事情，要查办的话，很简单，我只要马上去校长室，告诉他，我们班丢了钱，我请他把我们班的监控录像调出来看看就行了。但是，这样一来，校长就知道了，他也会因此认识这个拿别人钱的孩子。这样，我都替这个同学难堪，你们呢？”

学生们异口同声地大声回答：“难——堪！”

“是的，很难堪，我也不想这样去做。”我说，“但是，不纠正小错，迟早会让这个同学犯下大错。今天这个同学拿了别人的一百块钱而没被查出，会让他心存侥幸，没准儿以后胆子越来越大，再干出什么傻事来，后悔都晚了。而且，我也拿不准，校长在看过监控录像以后，会不会报警呢？”

我适时地沉默了一会儿，教室里的空气非常凝重。

我平静地继续往下演：“现在，老师给这个同学一次改过的机会。我会给每个同学都发一张白纸，如果这事是你做的，你要诚实地写下来，承认自己的错误，老师保证不再追究，只要你真心悔改。如果不是你做的，而且你也不知道是谁做的，那你可以如实写上‘我不知道’。写完以后，你们把这张字条都扔到信箱里来。这张字条上，你可以不写自己的名字。”

我对自己辨认学生字迹的能力是很自信的。

我把信箱带回办公室，倒出所有的字条并一一过目以后，发现其中一张字条上写着“王老师，对不起，钱是我拿的”。然而，经过辨认字迹，我却蒙了，因为这个字迹，我没有认出来。

看来，这小孩对自己的笔迹进行了一些小小的改变。又也许，这个改变是无心的，只是他太紧张了。

我不愿意用恶意来揣测这些孩子。

我拿出班级名册，对照着这些字条，凡是能认出笔迹的字条，我都在名册上打了个钩。所有的字条都辨认完了，所有的名字也都钩完了，只剩下一个名字没有钩。要说钱是这个小孩拿的，我难以相信，因为他看起来是那么单纯善良的一个孩子，从不惹是生非。

虽然难以相信，但我还是去找了他：“钱是你拿的？”他镇定地看着我：“不是我拿的。”

那一刹那，我也有些动摇，但想想，就这个名字没有打钩，我还是很坚定地对他说：“我给你最后一次回答的机会，请你诚实地告诉我，否则我只能去查看监控录像了。”

他的眼圈红了，抽抽搭搭地哭起来：“老师，我错了，你别告诉校长，也别报警……”

我让他哭了一会儿，然后问他：“你为什么拿别人的钱？”

他抹了把眼泪，说："小荣早上说她带了很多钱，中午的时候，我正好看到钱在她的抽屉里，我……我一时没忍住，我想去买吃的。老师，我知道错了。"

"那你接下来有什么打算？"

"把钱还给小荣。"

"你还她钱，她就知道钱是你拿的了，其他同学也会知道。"我想了想，说，"你把钱交给我吧，我帮你转交。我也会跟小荣说，原谅同学这一次。但你以后千万不能再做这样的事了，懂吗？"

他抽泣着，用力地点点头。

下午，我去其他班代了节课，下课回到办公室时，发现抽屉里躺着一张纸和一百元钱，那张纸上写着："小荣，对不起。"

玩耍也是要很认真的呢

这是孩子们一年级时候的故事了。

一天早上，有三节空课，我就偷了会儿懒，下课的时候没去教室。上二楼时，透过栏杆缝隙，看到我们班的几个孩子正在大呼小叫地奔来跑去。本想下去过问，上课铃响了，就没过去。

中午的时候，班上图书馆第一天开馆。我贡献出了最近买的一套童话绘本，很不幸，《火龙爸爸戒烟记》在第一天就惨遭掉页。我举着书在班上问了三遍，都没有人承认。我只好对着全班放个大炮仗：大家要爱护图书，不管是谁捐献出来的书，拿到自己手里都要小心地翻看，不然我们班的图书馆就开不起来了，其他小朋友也不愿意把书借给大家看了。

结尾时，我不忘威吓一下："以后如果被我发现谁再破坏图书，哼哼……"

然后，说关于下课纪律的问题。

我是允许他们下课玩的，因为我小时候也是个爱玩爱闹的小屁孩儿，但我觉得，玩也得玩得自制一点儿，满地打滚，到处奔跑，其结果往往是谁谁被谁谁撞到了头，谁谁把谁谁的鼻子撞出了血，头痛得很。

我给他们提供了几种下课后的娱乐方式：看课外书，下棋，跳绳（允许在教室门口跳，不能去很远的地方跳，那样我会看不到），唱歌，和同学聊天，或者坐在教室门口的台阶上晒太阳，等等。

让全班学生讨论：如果你是其他班的老师，路过我们101班，看到教室里没有一个学生，却有很多人在外头奔跑、尖叫，你会怎么想？

科科举手："嗯，假如我是那个老师，我会想，这个班的班主任怎么没把学生管好啊？"

小宇也举手赞同："如果我路过101班，看到小朋友在到处乱跑，我会想，哎呀，这个班的班主任怎么搞的啊？"

啥啥?！班主任难道没在管你们吗？我天天都跟你们唠叨，游戏要注意安全，要文明休息，我简直都快成祥林嫂了，是你们这群小猴儿把我的话当耳边风好不好？

我咳嗽了一下，忍住脸上要迸发出来的笑，严肃地说道："当然，其他老师确实会认为，王老师没把你们管好，那样王老师也挺没面子的。不过，你们自己有没有做错的地方呢？”

“有的，我们应该轻轻走，轻轻说话，不要跟小朋友追来追去，不然会闯祸。”有人举手说。看来，还是有自省之心的嘛，我看这个态度还差不多。

谈话的最后，当然是一起表决心了——下决心战胜这个缺点的小朋友请举手！我继续忽悠着，脸上配合好郑重的表情。

呼啦啦，台下形势一片大好，看来大家都很容易被煽动啊。

不过，你要是以为这样就可以高枕无忧，那你对他们的认识可就太不够深刻了。谈话过后，我起码还要监督落实半个月，才能慢慢把这个局面扭转过来呢。

一个篮球引发的打架事件

两个男孩打架，为了一个篮球，打得面红耳赤。当他们来到你面前的时候，作为大人，你可以选择训斥，也可以选择询问。

在做选择题之前，让我们先来想一想，男孩为什么要来找你吧。

——因为你是大人，你更有智慧；因为你是老师，你更懂得公正。小小的人来找你，是为了热切寻求一个心里的答案：到底谁错了？我该怎么办？

这样想着，你还会训斥他们吗？

在大人的世界里，一个篮球其实微不足道，连一个问题都算不上，有哪个大人会为了一个篮球跟人打架呢？

但你再往前想想，在你很小很小的时候，你为了一个篮球、一块石头，甚至一句话跟人吵过打过吗？

当然有呀，谁不是这样长大的呢？没有这样回忆的人，他的童年是不完整的。

在孩子的世界里，再小的问题也是大问题，再小的正义也必须坚持。在吵吵闹闹里，他们或者成长，或者沉沦。

成长是因为有人启发了他们，给他们指出了一条通往更好明天的路。

沉沦是因为有人斥责了他们，给他们关闭了一扇心灵的窗户。

这些吵闹，就是成长的一部分呀。

很多时候，大人对小孩发脾气，不是因为小孩真的做错了什么，而是因为大人嫌小孩给他们带来了麻烦。

我把两个激动的男孩叫来问话，问了很久，在他们真假掺杂的回答里仔细地抽丝剥茧，一边听一边分析个中的逻辑顺序，终于还原了事情真相。

有人会说，啊，小孩撒谎，真令人生气！

但你要想到他是小孩，你就没那么生气了。趋利避害是人性本能，遮掩自己的过错并不是罪不可赦。做个坦荡磊落的人固然高尚，但迷路的小孩需要你的引领，才能走向高尚，这就是教育的意义。

花半小时调查的结果就是搞清了事情的来龙去脉。A 和 B 被分到一组打球，领到了一个球。A 嫌 B 打得不好，不想跟他组队，不由分说就离开了团队，想去找别人玩，还把球带走了。B 急了，扑上去抢球，A 不肯相让，两个人就打了起来。

事情就是这样，清清浅浅，一眼就能看到底。小男孩打架的理由就是这么简单。我之所以调查得费劲，是因为 A 把打架的缘由都推给了 B，说是因为 B 主动离开，不跟他玩，两个人才打起来。

为此，我在班级里找了好几个证人，来还原当时的情景。

费了这么大的功夫，值吗？

我觉得值。

是错误的打架，也是教育的契机。作为教育者，我们能从中挖掘出什么呢？

我觉得，这不仅是教育小孩不要撒谎的问题，更应该是勇于承担的问题。做错了事，可能面对受惩罚的后果，会惧怕是正常的，但还是要勇敢承认，直面过错，不可推卸给他人，要磊落坦荡。A 应该向 B 诚恳认错。

还要指导的，是面对和他人的分歧，我们应该怎么做。当你不想跟同伴玩耍打球的时候，你应当怎样处理？不能简单地一走了之，应该诚实而有礼貌地相告，取得别人的理解和同意，再商定接下来的方案，给别人一个有始有终的交代。

唯一的一个篮球该让谁带走？

这个棘手的问题可以用石头剪刀布来解决，输了的人不能要赖；也可以大家轮流玩，不论是谁先玩，约定时间到了以后，就要转让给下一个人玩。

这样玩，才能玩得开心。不仅在游戏的时候，要考虑到别人的感受，寻求公正的分配，在做其他事情的时候也一样。拳头是野蛮的，也是无效的。

你看，这样对孩子说，对孩子做，不就是在帮助他们吗？

童年是一个比较复杂的时代，会有天真，也会有蛮荒，但这种蛮荒和恶意不同，它只是因为不懂。读文识数需要教育，待人接物的技能也需要教育。我们应当做更好的大人，要更宽容，也要更有智慧。而这一切的起源地，是你对儿童充满善意，饱含接纳，并且，对这个世界带有思考的习惯。

是的，思考很重要。我们做大人久了，会有惯性，面对孩子，会有一些习惯性的角度和方法，比如大喝一声，命令闭嘴，看起来确实天下太平了，但我们还是应该多站在孩子的角度来理解他们的困扰，多站在指引者的角度来想想是否还有更好的办法。

大人好了，孩子也会好。

很好很好的小孩长大了，就会变成很好很好的大人。

音乐的力量

这是一次寻常的午休时间，我在教室里一边批改作业，一边听音乐。学生凑过来问：“老师，你听的是什么？好像有点儿好听！”

我一边改作业，一边随口回答：“是《悲惨世界》里的一段音乐。它是一本著名的法国小说，后来被改成了音乐剧，这是其中的一段。”

学生说：“啊，我也好想听听看啊！”

听到学生这样的请求，我很意外。这可是《悲惨世界》，不是《小猪佩奇》啊！

好些学生都围着我：“老师，给我们听听！给我们听听！”

“好，”我说，“那我先给你们讲讲这个故事吧，你们要先了解这部小说，才能听得懂音乐。”

我放下红笔，开始给他们讲《悲惨世界》的故事，从冉阿让到芳汀，再到珂赛特，又到马吕斯。学生们听得安静极了，认真极了。

我说：“好了，现在给你们听几段其中的歌曲吧！”

他们欢呼：“好呀！”

屏幕上投映出《悲惨世界》第一幕，冉阿让和狱友在土伦监狱做苦役时的悲壮歌声响彻教室。每一个小孩都全神贯注地看着，听着。

我原以为，这么小的孩子，听不懂这样的歌曲呢。看来，我错得很彻底，不过，我也很高兴。

听完几个选段，我把屏幕关上的时候，好些学生叫起来：“好想再看下去呀！”

“如果有一天，有机会亲自去看现场，你们会去吗？”我问他们。

“会去！会去！”他们异口同声地回答我。

我对孩子们说：“距离 1985 年这部音乐剧第一次演出，时间已经过去 35 年了，这部小说的诞生是更久远以前的事了，但这个故事依然受到万千人的欢迎，因为这是一个充满正直、善良和悲悯的故事。也许你们还不懂什么是悲悯，但你们能喜欢这些音乐，说明你们的心里已经有了悲悯的种子，这是很珍贵的品质。也许在这部音乐剧 45 周年、50 周年的时候，你们真的会有机会亲自去现场看它。”

很感慨，我们这些大人啊，太自以为是，以为孩童就是孩童，他们只是天真、幼稚，却没有蹲下来认真地看看他们的眼睛，那团渴求的目光，若火焰般在他们的眼睛里跳动，令我心震。

这就是百年来时代变迁，伟大的艺术作品能跨越国界种族，跨越时空，生生不息的原因吧！

身为一个语文老师，看到学生有这样的渴求，我还有什么好说的呢？就差热泪盈眶了。

教育孩子，有时需要“教育机缘”

有一天，我和一个顽皮孩子聊天。我问他：“你怎么老是挨批评呀？天天被表扬多好，天天开心。”

他上课坐不住，不好好听讲，下课到处跑，上课铃响了也不知道回教室；排队打闹，作业拖拉，反正，隔三岔五就会出状况，是被老师重点关注的对象。

小孩眨巴着眼睛，真诚又无辜地对我说：“我也想被表扬，可是，我管不住我自己啊……”

年岁渐长，随着我自己也从青年成为母亲，陪伴了两个孩子的日夜成长，也教过更多的学生，我越来越理解十岁上下这个人类群体，这个小孩说的是实话。

以我们几十年的人生经历去看儿童时期，如果不是蹲下来，把自己的视线角度调低到儿童那个位置，我们很难理解，为什么 5+6 这么简单的题目，小孩却怎么也理解不了；我们也很难理解，为什么克制一下就能好好走路，小孩就非要追跑打闹。

因为，小孩就是这样的。

当然，我们做教育的目的，不是“你不会，好，那你就不会吧，没事”，而是“你不会，那我想办法让你会；但你总也不会，那我也不生气”。

这确实挺难的，尤其现状是你有一班几十个学生，你的时间和精力都有限，还会面对可能不配合的家长，你们的理念无法达成一致。

我上周去社区办事，看到工作人员在挨家挨户打电话，进行消防安全通知。社区有些老人耳朵不太好，态度也不太好，工作人员讲得十分费劲。打完这个电话，马上要打下一个。我在一旁想，社区工作真难。我相信他们和社区居民面对面的时候，困难会更多。但他们能因此打骂居民吗？不能。

警察碰到冥顽不化的犯罪分子，可以打他吗？医生碰到不讲理不配合的患者，可以骂他吗？服务员遇到挑剔的顾客，可以送客吗？都不能。

每个行业有每个行业的难处，对比看看，老师也不是最难的那份工作。和其他职业一样，遇到难教育的孩子，不配合的家长，你可以打他吗？显然，不能。

这是职业道德规定，也是红线。老师年轻气盛，容易有恨铁不成钢的心态。但不动手，是保护小孩，也是保护自己。

话是这么说，操作起来确实很难。要走进一个孩子的心，需要大量的时间和精力，以及等待并捕捉到那个合适的机缘。

教育机缘是个很有意思的事。你可能日复一日、月复一月地对小孩做了很多事，讲了很多道理，都没啥用，突然有一天，出现了一个什么偶然事件，你把它抓住了，事半功倍，一下子就峰回路转了。

我曾遇到过一个自尊心极强，也极力对抗老师的学生。他很有才华，我欣赏这点，也多次表达，但他始终不为所动，依旧上课摇晃椅子。他发脾气的时候，简直蛮不讲理，班上很多老师都被气过。但是，有一天，他突然变了，态度缓和了，也愿意配合老师了。为什么呢？因为我偶然之间发现他在看《时间简史》，还颇有心得。虽然是上课时在课桌底下偷偷地看，但对一个小学生来说，能有耐心来啃这样的书，就算只是略懂皮毛，那也很厉害啊。

我就请他上台做了一期讲座，他又紧张又兴奋，做了一个长长的 PPT，走上了讲台。那次讲座，他讲得有些结巴，但渊博的知识依旧赢得了众多学生对他的敬佩和肯定。从那以后，他改变了对整个班级的态度，整个班级也改变了对他的态度。

这就是突然出现的教育机缘。但你不知道它什么时候会出现。在它出现之前，你只有不断摸索，不断尝试各种办法。

因此，大家不必太悲观。正如这个世界上大多数人是友好的、讲理的，大多数学生和家长也是尊敬教育、配合学校的。虽然新闻里的确常常能看到各种教育的负面新闻，但我相信那只是庞大人群中的少数，不足以动摇我们自己对生活和工作的认知。回到我们工作本身，老师要想把班级管住，最重要的一点，我觉得还是把课上好，这是立身之本。能把课上好，上得妙趣横生，又能把成绩抓好，这样的老师，不需多说什么，在学生和家长面前自然有威信，说话有分量。

小红花引发的一些思考

我们班有一套具体的奖励措施，每个学生有一本荣誉护照，是用来贴小红花的。上课发言积极，某次作业完成优秀，做好事，吃饭光盘，等等，都可以用来换小红花。因为项目多，来领小红花的学生数量也很多，我就把小红花发放任务交给了几个学生，每个学生掌管不同项目的小红花。

集满一页小红花，可以换一个小苹果，贴在教室竞赛栏里。到了期末，一个小苹果可以换一次抽奖机会，奖品很丰富。

我先挑选了几个学习成绩优秀、乖巧能干的小孩来做这个工作，因为他们学有余力，有时间也有这个精力。

过了段时间，我就发现问题了。其中一个掌管小红花发放的学生，她的小苹果增长速度异常快。我把她叫来问话，果然，小姑娘涨红了脸，承认因为太想要小苹果，所以私下给自己多发了小红花。

我就想，成绩优秀的学生都很好胜，女孩子又心思多，那换个成绩不那么突出，看起来调皮爱玩的男生怎么样？他是不是不会那么在意小红花，不会起贪心呢？

于是我又找了这么个小男生。我还郑重教育他，这是老师出于信任委以的重任，一定要公正公平，不可以给自己多发。

小男生也向我郑重保证，一定不辜负老师的信任。

过了两个月，男生的小苹果也出现了异常增长。我叫来谈话，果然，他给自己多发了很多小红花。

一开始，我也觉得烦恼，发放小红花的工作量那么大，难道以后都要我自己做吗？静下心来想想，是我的工作制度在根源上出了问题。给了学生这么大的权力，后续却没有任何监督，仅凭我的叮嘱和道德教育，这一页页可以随便取用的小红花无异于在引诱学生，这是我在给学生制造犯错的机会嘛。

怎样既发挥好管理员学生的作用，又有效地监督他们不公权私用呢？

再一想，也简单。以后，管理员只能给其他学生发小红花，其本人的小红花只能来老师这里领，不就两全其美了吗？

学生虽小，江湖的水也很深啊。

我也从中得到两个教训：第一，道德教育有必要，但在维护机制公平上，不能只靠说教，还得有好的措施来保障；第二，发布了政策以后，要留心后面的运行，不要以为出台了就万事大吉，不可听之任之，要不断观察、调整。

放眼到学生干部机制上，我觉得也应该有同样的警惕。小学阶段的孩子对权力的认识其实是很懵懂的，老师如果完全放权给他，小孩会使权力失控，对同伴进行责罚，甚至打骂，形成学生之间的矛盾冲突。所以，我更愿意淡化学生干部这一概念，而强调服务属性，引导学生们都乐意参与团体建设，从彼此更舒适的学习和生活方面做一些事。如果遇到必须要放一些权给学生的情况，老师也一定要关注整个过程，要指导学生去做事，不可简单下达指令后就没有后续。

王老师说

做了老师，就不怕年纪大了，因为年纪越大，经验越多，对付小孩就更加得心应手。

想想看，工作这十几年里，遇到过多少个捣蛋鬼呀，被气得捶胸顿足多少次呀。

现在好了，不容易生气了。

教小孩，就要观察小孩，研究小孩，把他们当成一个课题。他们真的很有意思，每一个小孩都仿佛一个小小的世界，当他们对你敞开心灵的大门时，我都很感激他们。

他们对我如此信赖，如此不设防，我都有些惭愧的感觉，觉得自己配不上这份坦诚。

4 家校共育

陪伴是最长情的告白

“那时，我跟着奶奶学说话走路，什么事都会跟奶奶说，比如今天在幼儿园里画了什么，吃了什么，玩了什么，睡得香不香，做了什么梦。妈妈说：‘奶奶昨晚去世了。’我的眼泪如瀑布一样流下来，我的心百分之百地被打碎了。奶奶，清明的时候我们还会见面，真希望你变成幽灵，可以陪着我。”唉，改得我要哭了。

别人家的爸爸

给学生们看宫崎骏的《龙猫》，其中有一个镜头，是小梅告诉爸爸和姐姐，说她刚才看到了龙猫。三个人四处寻找无果。但爸爸没有取笑小梅，而是认真地给大樟树鞠了一个躬，说小梅看到的一定是樟树派来的精灵，感谢樟树照顾小梅。

看到这里，台下的孩子们爆发出一声“哇”，这声音里，包含着羡慕、向往和失落。有几个孩子窃窃私语起来：“这个爸爸真是太好了！”“就是，要是我爸，早把我骂一顿，说我胡说八道了。”

这个场景当时对我触动很深。虽然学生们很快被接下去的故事情节所吸引，不再议论，我却长久地回味着孩子们的那一声“哇”。我想着，这些小孩，他们平时的情感需要是多么严重地被忽略，才会这样向往一个动画片里的爸爸啊。

作为大人，我们对孩子够有耐心吗？我们够了解孩子吗？我们给他们足够的爱了吗？

小杨妈妈向我抱怨孩子很不听话，总是倔头倔脑，还爱顶嘴。我跟小杨长谈了一番，他告诉我，他认为妈妈是个很不守信用的人，年初就答应带他去动物园玩，一直到暑假都快过了，还没带他去，不是周末起床晚了，就是说有事，再后来就干脆说取消了。他很反感妈妈自己说话不算数，却对他处处束缚，要他做这个干那个，他心里有气，所以不想听她的话。

我把孩子的这些话转告小杨妈妈，她愣了一会儿，露出尴尬的神情，讪讪地说："这孩子……不过我确实没带他去动物园玩……小孩子嘛，有时自己说过也就算了，咳！"

我告诉她，不要因为对方是小孩就可以随便敷衍、信口开河。古代尚有"曾子杀猪"的故事，警示父母要对孩子言而有信。把孩子当孩子看，是要求父母对他们宽容，不苛责，允许他们犯错；不把孩子当孩子看，是要求父母尊重孩子，不糊弄他们。

爱自己的孩子是天性，如何去爱他们却是一门需要后天学习的功课。

我常常和孩子们一起吃午饭，他们经常七嘴八舌地跟我聊天，抱怨功课紧张，抱怨父母不理解自己。我问他们会不会把心里烦恼的事告诉父母，很多孩子都摇头，说反正爸妈也不会理解的，说了自己的苦恼，反挨一顿骂，还是不说的好。

比如小童，她有一个弟弟，平时家里人常要她带弟弟去玩。弟弟还小，难免不好带。她说这样很占用自己的学习和休息时间，她不想老带弟弟，却被妈妈一顿骂，说她不体谅父母。所以，小童现在讨厌弟弟，希望家里只有她一个小孩就好了。林林的烦恼则是，无论她怎么努力考试，爸爸永远都不满意。她英语成绩不好，上个月她花了很多时间来背单词，终于进步了五分，可是爸爸拿到试卷都没看几眼，只看了下分数就说："考这么差，还不快去读书！""总是叫我背单词、做练习题，给我买了好多试卷来做，我怎么努力他都不满意！"林林说。

就因为爸爸表示相信小梅真的遇到了龙猫，也因为爸爸认认真真地为此向大樟树鞠了个躬，故事外的孩子们异口同声地"哇"一声，这让我这个做老师的感到心酸。如果有学生的父亲此刻坐在教室里，听到孩子们的议论，是不是会感到惭愧？这一声"哇"，告诉我们这些做大人的，我们为孩子们做的还远远不够，我们要学习的，还有很多。

永远不满意的妈妈

期末考试结束了，分数公布后，陈大力的妈妈急匆匆地来找我。她很生气地说：“王老师，大力这次考得真是太差了！”

我看了下他的分数，八十六分。我说：“这不算差啊，五、六年级能考到八十五分就达到优秀线了。再说，这次题目难做，分数普遍都不高，八十六分真的还不错。”

她松了一口气，但仍不满意地说：“我对他的要求是，语文考试嘛，起码每次都要考到九十分才行啊，最好能考九十五分。”

我告诉她，一、二年级的优秀线是九十五分，三、四年级为九十分，现在大力上了五年级，题量增多，难度增加，我们也要适当地放宽要求，不要拿一年级时的分数标准来衡量孩子现在的成绩啦。

以固定不变的分数标准来衡量孩子的每一次考试，是很多家长的烦恼来源。考试结束，先看分数，并且也只看分数，却不和孩子一起仔细分析失分原因，也不客观地看待这次考试的难易程度。如果考到九十五分，就对孩子百依百顺，给奖励买奖品；只考到七八十分就将孩子斥责一顿，提出“给我好好读书”这类空洞的口号式要求。长此以往，这种“唯分数至上”的态度，怎么能给孩子带来正确的学习态度和足够的学习动力呢?

再来说一个孩子，是个女孩，叫小何。我教了她三年书，难得见到她的爸爸来学校接她，那天正好在校门口碰到了，就聊了几句。他一开口就很客气：“老师，小何的成绩太差了，让你费心了。”

小何的分数一直在六十分上下徘徊，那段时间进步到了七十多分。她的努力我是看在眼里的，于是我就对她爸爸说：“她最近进步蛮大的呢。”

“哎呀，这哪儿有进步啊，成绩太差了，太差了。”爸爸连声说道。

“那你对她的希望，是能达到多少分呢?”我问。

“起码能考到九十分吧。”他说，“我希望呢，她以后能考上重点大学，然后，女孩子嘛，将来考个公务员，挺好的。”

我忍不住打断了他的畅想：“小何爸爸，这个分数，对她来说，你的要求过高了。”

小何是个老实胆小的女孩，她的理想是将来做个给狗做美容的宠物美容师，因为她太喜欢小狗了。午餐遇到有肉的时候，她会偷偷藏起来几块，放学后去小区喂那几只流浪狗。她不擅长学习，理解速度、接受速度都很慢，一道问答题，我给她反复讲上三遍，她都不能完全记住。她能考到七十多分，其实我是很高兴的，她这段时间真的很努力。可让她考到九十分，这太难了，难免让她心生畏惧，失去信心。

而且，为什么要让小何去做公务员呢？她这样喜欢小狗，看到小狗的时候，两眼会闪闪发光。中国兔王邱广基当年还辞了公务员的工作，回老家专心养兔子呢，还养出了大名堂。作为家长，何必把自己的梦想强行加在孩子的身上，让他们为父辈而活？

用显而易见的世俗的成功标准去看待孩子的成长，安排孩子的人生，无视孩子的实际，会使孩子在拔苗助长的状态下活得压抑而沉重，也会使家长自己屡屡受挫。

这个世界的梦想是丰富多彩的，不是每个孩子都能考高分，也不是每个孩子都能上重点大学（事实上，也完全没那个必要），他们有自己的长处，有自己喜欢的工作。只要鼓励孩子从小养成良好的学习习惯，拥有健全的学习品质，家长就不必在意眼下一时一次的考试成绩。把目光放到孩子更远的将来吧，他们一定会在人生的考场上交出一份令自己满意的答卷。

姐姐的故事

小露籍贯河南，但她出生在宁波，是个讲着宁波话长大的外乡人。

她的父母非常能干，也很勤勉，尤其是她的母亲，高大，健壮，笑起来声音爽朗。他们家在学校附近开了一家早餐店，店面不大。听小露说，她每天很早就起来帮父母干活。帮着把店里的活儿做完后，她就带着弟弟来上学。

小露弟弟只比她小两岁，但她俨然是小母亲的样子。暑假的时候，姐弟俩辗转乘坐两辆公交车来跟我会合，就为了听一场讲座。小露听得十分专注，弟弟却趴在桌上睡着了。她轻轻把他的胳膊放好，生怕惊动了他的好梦。我看到她脸上的神情，那种疼爱的样子，像极了一位母亲。

小露学习很用功，成绩不错，但也偶有失手的时候。有一次她考了七十几分，给我打来电话，带着哭腔，说：“老师，对不起，我以后一定会好好努力的。”我安慰她，一次考试而已，不必太放在心上。她还是很悲伤很自责的样子。后来，我听说，她考试成绩不好，她的母亲令她跪在地上反思。或许在母亲看来，这个家庭的全部希望，就在这一双儿女身上。读书改变命运，改变他们作为城市边缘人的命运。

我很喜欢小露，她的早熟、勤奋、乖巧，都深刻地打动了我，让我很想为这个小小的孩子做些什么。我让她做了语文课代表，她便忠心地帮我做事，成了我的得力助手。

然而到了期末，班上评选三好生时，小露的得票却不高。有同学告诉我，因为小露为人自私，不肯帮助别人。“她说话的时候很尖刻的。”一个女生告诉我。我回想了一下她在我面前的样子，实在不能把她跟“尖刻”这个词语联系起来。我也没太放在心上。木秀于林，风必摧之，我以为这是小孩之间的忌妒而已。

这一天，放学已经很久了，我去教室里拿作业本，走近门口时，听到里面传来说话声。我听得出，其中一个是小露的声音，只听她说道：“哼，就你这样子，还想去参加唱歌比赛啊？肯定会被淘汰的！”明明是她的声音，可是那尖刻、不屑的语气，却让我十分陌生，我从来没有听到过她这样说话。

“你干吗这样说我啊？”回话的人是小丽，一个看起来害羞内向的女孩子。小丽很喜欢唱歌，也唱得不错，但从不敢上台表演，这次动员她去参加比赛，我费了好一番口舌呢。

我悄悄地往门里望了一眼，小丽憋红了脸，一副快要哭出来的样子。

我为她感到难堪，同时，我也为小露感到难堪，我不知道该怎么面对这个局面。于是，我又折回脚步，回到了办公室。

坐下来，想想学生对小露的反映，再想想小露刚才的言语，我的内心十分震惊。我想不通，这样一个懂事乖巧的小孩，在同学面前，怎么会是这个样子？

也许是做老师的直觉吧，我突然想到了她的弟弟以及她被罚跪。一瞬间，我把这些事联系了起来，便有了一个猜想：这个小孩，一定是平时很压抑，所以她要把这些负面情绪倾倒在其他人身上，用来出气！

为了验证我的这个猜测，第二天，我把她叫到了我的办公室。“平时在家，你的父母是不是比较偏爱你的弟弟？”我开门见山地问道。

她对这个问题措手不及，愣了好一会儿，慢慢地点了点头。

“对你的要求很严厉？”我又问。

她的眼圈红了起来：“是的……我跟弟弟吵架，妈妈总是骂我，说我是姐姐，要让着弟弟……可有时候，明明是弟弟的错……”

“所以你心里很压抑，觉得不快乐？可你在老师和父母面前不敢表露出来，所以要找其他同学去出气，有时要用尖酸的语言去攻击他们，是这样吗？”

“邻居跟我说，爸爸妈妈都爱弟弟，不爱我……我……我很难过……”她流着泪说。

我帮她擦了擦眼泪：“我很理解你的感受，你愿不愿意让我找你妈妈谈谈这个事情？”

她抽泣着点点头。

我给小露妈妈打了个电话，说了我所发现的这些事情以及我和小露的谈话。她妈妈在电话那头是大大意外的语气，然后，她也回忆起了很多被自己忽略的细节，比如邻居经常对小露开玩笑说，将来嫁了人，就是别人家的媳妇了，家产都要分给弟弟，不会分给她的。还有一次，小露生病了，妈妈抱着她睡觉，她依偎着妈妈说，很久没有受到妈妈这样的疼爱了，觉得很幸福。

她妈妈的声音哽咽起来：“王老师，你也知道，小露学习成绩很好，弟弟没她这么出色，所以我真的对她寄托了很大的希望，以为严格要求她，她才能成材。她跟弟弟吵架，我呢，一是自己嫌麻烦，二也是觉得姐姐应当让着弟弟，所以总是批评她。我的确没想到，平时这些话，对她造成了这么大的伤害。”

我对小露母亲说：“身为姐姐，不是一种错误，姐弟之间的矛盾，作为家长，应该公平处理，不能因为是姐姐，就一定要承受更多，这是不公平的。小孩为此承受了很多压力，也导致了她和同学交往上的问题。现在改正还来得及，你一定要用更多的宽容和爱来对待这个小孩，千万不要以为棍棒底下才出孝子，那样会把小孩逼出毛病来的。”

让我没想到的是，第二天，小露带给我一封信。我打开一看，是很长的一封信，是她妈妈写的。她给我写了整整两页信，跟我说了她内心的震动，她的悔恨和歉疚。

看了这封信，我的眼睛也湿润了。我对小露说：“不要怨恨你的妈妈，她是一个很好的妈妈。我们已经谈好了，从现在起，你一定会受到公平的对待。我也希望你用更宽容的心来对待同学，做一个受大家喜欢的孩子。”

我想，二胎政策放开后，选择再生一个孩子的家长肯定不在少数。但你是否已经做好了接纳两个孩子的准备？要好好问问自己。这个接纳，不仅仅是物质上的，更是自己心态上的。面对两个孩子，你能成为一个公正、宽容、耐心的家长吗？

去你家坐坐好吗

做了老师以后，发现家访是件非常有用也非常必要的事。

在学校的时候，所有孩子穿着同样的校服，用着同样的课本，写着同样的作业，所有人都好像一个样子。只有走出校园，从繁华的大街拐弯到曲折的小巷，再转几个街口，遇到几只正在啄米的母鸡，几只嘎嘎叫的鸭（你简直想不到，这个城市里居然还有这样农村化的生活场景），走到一家家低矮的出租房前，学生和他背后的家庭，才能还原成一个个立体又生动的样子。

几乎每次家访都会记得，因为每一个不同的家庭，都是那么鲜活地呈现在眼前。他们的幸福，他们的悲哀，他们的挣扎，都让我难以忘怀。

（一）

女生小梦，长得瘦瘦高高的，下巴尖尖的，眼睛很大。她成绩不太好，一被批评就会满眼含泪，睁大眼睛怯生生的样子。我看到她这个样子，就不忍多批评。可是她的成绩还是很糟糕，我挺郁闷的。于是有一天下班后，我决定去她家家访。

我按照地址，在小巷里找了好半天，又问了不少人，才找到她家。那是一间小平房，很简陋，墙壁都没刷。她妈妈说，这是两百块一个月租下来的。妈妈没工作，爸爸在街上摆了个小摊卖香烟。整个家就一个房间，中间摆着一张床，上下层的，小梦睡上铺，妈妈和小婴儿睡下铺，爸爸睡沙发。是的，她妈妈刚生了个孩子，是个女孩。她很忧愁，因为在他们老家，如果一个女人生不出儿子，是要被乡邻们瞧不起的。

“那怎么办？再生一个吗？”我问她。她苦笑了一下：“没儿子，就没办法回去，连村里分地都会受欺负。”

我看着她，不知道说什么好。我看过小梦的就学资料，她妈妈只比我大一岁，看起来却憔悴得很。

我变得嘴拙起来，看到小梦搬了把凳子在外面写作业，显得很努力的样子，我觉得很难受，我不该对她太苛责了。考试、作业、功课，在这一刻突然都失去了原本的面目。“她已经很努力了。”我对自己说，我有种很想抱抱她、安慰她的冲动。

这样趴在凳子上写作业的场景，我见了不止一次。在小凡妈妈的摊位上我曾见过，就在菜场里嘈杂的背景下，她妈妈一边大声地回答着我的问题，一边不时回应着来问价的顾客，对我抱歉地笑笑。小凡在一旁的凳子上奋力写着当天的家庭作业，她看起来是那么认真，仿佛置身于别处。我想起她作业本上干净娟秀的字迹，一笔一画里还能看出用心的样子，若不是亲自置身于这种纷乱的环境里，我难以想到那些作业背后的不容易。

所以，我很少布置一些收集课外资料的作业给学生。尽管在这个网络时代，写作业中用到电脑搜索是件很普遍的事，但我还是不想给那些趴在凳子上写作业的孩子带来为难和困扰。我轻松布置一项作业，也许孩子和家长要四处求助找资源。真正去了解过他们的学习和生活状态，对他们会更有耐心，更体谅。

那天临走，小凡妈妈硬塞给我一包蔬菜。从小凡的周记里，我知道今年她家的蔬菜摊位抽签抽得并不好，生意没有往年好，她为此担心过。但即便是生意好，难道我就能拿这包菜吗？他们干的也是辛苦活儿，每天早早就要起来打理摊位，拿这一大包新鲜的蔬菜，我于心不安。然而推托了半天，还是没拗得过她妈妈，她硬是把这一包蔬菜塞在我手里。

走出菜场的时候，天都黑了。想想收下也好，毕竟是家长的一番心意，过几天给孩子买些文具回赠就是了。只是从那以后，我都不敢进这个菜场买菜，生怕又推托不过，白拿了人家这些好菜。

（二）

我也遇到过有趣又开心的家访，比如去甬杰家。

甬杰的名字里有个“甬”字，这是宁波的简称，但他却不是宁波人，他父母从河南来这边务工，他算是新宁波人。老家是很少回去，倒是学会了说宁波话。

他家住得比较远，我看了下地址，已经在郊区了。我从学校出发，在公交车上摇摇晃晃了半个小时，下了车，给他爸爸打电话，问接下去该怎么走。他爸爸在电话那头一连声地叫着：“老师，你在那里等等，我来接你！”

我就在路边等他来接我。春天，正是油菜花开的季节，城市里难得看到的花，此刻正在郊区的田野里蓬勃地盛开着，花香像海浪般涌来。不过，我当时想的是，甬杰上学这么远，却从来没迟到过，真厉害啊。春夏秋季还好，冬天得一大早起床，不容易。

过了一会儿，他爸爸到了，骑了个电瓶车。在市区马路上，电瓶车捎人是要罚款的，但到了郊区就没人管了。坐在电瓶车后面，风从耳朵边呼呼地刮过，明灿灿的油菜花在身边蔓延。十来分钟后，甬杰家到了。

说是家，其实就是个废品收购站。他们一家子都从事这个工作，所以干脆把家也安在这里了。我下了车，一群孩子走过来，说着笑着，把我簇拥在中心，往房间里走。这几个孩子，其中有四个是甬杰的亲姐弟，他家有五个孩子。其余几个是附近的孩子，常在一起玩。

不仅有孩子，还有三条小狗，也好奇地跟过来，摇头摆尾地把我迎进屋去。

碰到几个邻居，好奇地看着我。甬杰爸爸笑着说：“这是我家小孩的老师，来家访的。”几个人冲我笑笑，很客气的样子。

进了屋，甬杰外婆正在吃花生，招呼我快坐下，请我一起吃。我也不推辞，剥了一颗。“垃圾桶呢？”我问甬杰。外婆呵呵一笑，说：“老师，你扔地上好了。”

一边吃花生一边随便扔壳的感觉真是很痛快啊，我觉得我也太不把自己当外人了，呵呵。

在学校里顽皮的甬杰，此刻却露出害羞又欢喜的神情来，问他什么话，都是羞答答地笑。他刚拔了牙，一笑就露出两个黑窟窿。

其实，家访并不等同于告状，也不是孩子犯了错才想到去家访。就当是串串门，走动走动，了解下孩子的成长环境，同时交流些对孩子的指导方法，再夸夸孩子最近的表现，这种联络方式对形成良好的家校互动关系是大有裨益的。我的老领导曾告诉我，做教师这一行，其实跟服务业差不多，要知道学生和家长的需求，提供耐心而优质的服务。平时多联系，很多家校矛盾也就不会出现了。矛盾常常是因为沟通不畅，彼此误会，把功课提早做好总是没错的，不要等出现了问题才想到去解决，得有未雨绸缪的意识。我极少请家长来学校面谈，亲自过去家访，不给家长增添麻烦，不仅更体现诚意，也更容易得到家长的支持和配合。

羞涩的小吃货

奔奔的妈妈打电话给我，说到奔奔这段时间在学习上的退步，并说他的态度也很不好。妈妈在电话里有点儿着急。我答应她，今天下班后找奔奔认真谈谈。

第四节课结束后，我到教室里跟奔奔说放学后来办公室等我一起回家。奔奔眨巴着大眼睛，默默地点点头。

放学了，我把奔奔的书包放在我的自行车后座上，他若有所思地跟着我出校门。我跟他闲聊了几句，问他愿不愿意陪我去吃点儿东西，他点头说好。

我带他去了肯德基，买了些吃的，然后找了个安静的座位坐下。他看起来很紧张，静悄悄的，一口大气都不敢出。

我知道奔奔不是刁蛮的小孩，也不想对他发脾气，就让他吃鸡翅，只字未提今天和他妈妈谈话的事。一来我还在斟酌怎么跟他谈，二来看他嘴里咬着鸡肉也不适合谈话。

鸡肉和黄桃蛋挞都已经快吃完了，我问他：“你知道王老师为什么带你来这里说话吗？”

他摇摇头。

“我没有在办公室找你谈话呀，是怕其他老师看到，你会挨批评。如果那样，你会不会觉得难为情呢？”我又问他。

他又一次默默地点头。

“每个人在成长的路上都会犯点儿错，其实这没什么，妈妈和老师都是帮助你长大的人，不过你要理解我们的苦心，懂吗？”

“懂的。”

“我听你妈妈说，这几天你对妈妈的态度也不如以前，批评你几句，你还要顶撞，这样是不是很糟糕？”

他还是默默地点头，露出难过的表情。

其实，要说起来也就这么一些事，上课不认真听讲啦，考试粗心啦，回家学习不够自觉啦，比以前有退步啦，就这些事。他规规矩矩地把小胖手叠在一起，沉默地听我说，偶尔羞涩地点点头。

我本以为这样一来，晚上的火锅饭局会迟到。没想到，跟奔奔的谈话结束时，不过五点出头。我让他坐在我的车座上，捎他回家。他像只胖胖的小熊，爬上我的车座时，我感到了重量，不禁笑他："你可真够沉的！"他也嘿嘿笑了："是呀，因为我胖嘛。"

应该会改正的，我没理由不相信他。

意想不到的破坏者

（一）

这是好几年前的事了，回想起来，心头还是有些不是滋味。

那是一个寻常的周一早晨，刚上班就接到儿童乐园的投诉，说周末有三个孩子翻墙进入园内，把儿童乐园搞得一塌糊涂。园方查看了当时的监控录像，调出了三个小破坏者的画面，请老师过去看一下是不是我们学校的孩子。

看到监控录像前，想了好几个学生的名字，无外乎那些顽皮捣蛋的男孩，按捺不住好动的手脚，又去偷偷干坏事了。但看到录像画面，我惊呆了，上面那个穿着蓝色T恤的，不正是班上那个一直安静寡言的男孩小钦吗?

我实在想不到他会去做这事。从录像里看到，他和另外两个孩子，跑着跳着闯进儿童乐园走廊，他跳起来，随意地把走廊上挂着的玻璃镜框拉下来，摔在地上，用脚踩着，然后再去拉下一块。其他两个孩子也跳起来去扯绳子上挂着的玩具小星星，然后撕得粉碎。几个孩子还把花盆拽下来，砸在地上，泥土撒了一地。还有橡皮泥，各种颜色的橡皮泥，被他们捏成了一整团。

要不是亲眼看到，我简直不敢相信小钦会有这样狂野的一面。

我马上去找了他。

我想让他自己说出并承认这件事。我问他："知道我为什么找你吗？"他摇头。我又问："周末是不是去儿童乐园做了不该做的事？"他继续摇头。

我很快意识到自己犯了一个错误。当成人发现儿童做了错事，却偏偏明知故问，儿童为了面子，往往会选择否认。而否认则会激怒成人，双方就会发生冲突，使原本简单的问题复杂化。

把简单的问题简单处理，就是单刀直入地把自己的态度告诉他："我接到儿童乐园的投诉，我也看到了监控录像，你昨天和其他两个学生一起在儿童乐园里搞破坏。那两个学生是谁？"

我的目光很坚定，盯着他看。他的脸上闪过一丝慌乱，想了想，就老老实实地告诉我："是其他学校的同学，男孩子叫小勇，女孩子叫小书。"

"你有他们的联系方式吗？"

"他们跟我住一个小区，我知道他们家。"

我把我的联系电话写在纸上交给他："晚上你去趟他们家，把我的电话号码给他们，叫他们的父母跟我联系一下。"

说完这些，我继续看着他。说真的，我很不明白他为什么要这样做。

我问了他这个问题，他沉默不语。

这时，上课铃响了，我让小钦先去上课。

我在办公室里翻来覆去地想这个问题。为什么？他为什么要这样做啊？难道他心底里那么压抑吗？我想起平时的他，成绩不是太好，作业完成情况也不太好，所以常被我留下来补作业，有时留得晚，他就急。但我也在陪着他呀，留下来教他啊。虽然我对他的学习成绩不满意，也会有着急的时候，但还是很注意提醒自己克制情绪，不轻易对他发火。即便发了火，我事后也会找个时间安抚他的呀。难道是这些挫败，让他心生失望，乃至恨意，要去儿童乐园发泄？

想不明白。震惊之外，我还觉得难受。自己作为一个老师，一个平时对教育自我感觉良好的老师，此刻很有挫败感。

（二）

晚上，我接到了小书妈妈的电话，听口音不是本地人。她没想到小孩会做这样的事，大概是又气又急的原因，语速显得很快。她说孩子不承认她做过这事。我叫她别急，把电话给小书，让我跟孩子说几句。

电话被接过去了，小书在电话那头怯生生地跟我打了个招呼："王老师好……"

我温和地对她说："小书，你好啊。听你的声音很文气，我相信你不是个爱干坏事的孩子。你在儿童乐园里做的事，我都通过监控录像看过了，我有证据才找你的。但找你不是为了告状，也不希望妈妈为此打你，老师想了解下事情的经过，想知道你们为什么这样做，你听明白了吗？"

她在电话那头迟疑了一会儿，轻轻地"嗯"了一声。

我让她把电话给妈妈，然后对她妈妈说："你越生气，她越不敢跟你说实话。孩子终归是孩子，她能承认错误，改正错误，才是我找你们家长的最终目的。希望你晚上好好跟孩子谈谈，明天早上，我在儿童乐园门口等你，我带你们进去，一起向儿童乐园的管理员阿姨赔个礼、道个歉。”

她妈妈满口答应，一再向我表示歉意。

第二天一早，我就接到了小书妈妈的电话，说已经在儿童乐园门口等着我了。看来，这位妈妈真是为孩子的错误感到心急了。我赶紧加快脚步，到门口和她们碰面。

我终于见到了小书，她长得很可爱，虽然皮肤有些黑，但是眼睛大大的，露出担忧、害羞的神情。我见过那么多孩子，一看这个神情就知道她平时应该是个不惹大人生气的乖小孩。

乖小孩也疯狂，我在心里暗暗想道。

“你为什么会到儿童乐园去搞破坏啊？”我问她。

她脸一红，说：“是小钦叫我们进去的。本来我们溜到儿童乐园里滑滑梯，被门卫爷爷赶出去了，不许我们玩。小钦说要报复门卫爷爷，然后我们就翻墙进去了。”

原因竟是这样简单而幼稚！

我告诉她，因为他们翻墙进园，门卫爷爷没有及时到岗发现，导致儿童乐园多个设备损坏，门卫爷爷也受到了处罚。

小书妈妈露出难过的表情，连声说：“唉，唉，这太对不起人家老爷爷了。”

小书一声不吭地跟我走到办公室。在儿童乐园管理员石阿姨面前，她不安地绞着手，说："阿姨，对不起！"我提醒她："你应该向阿姨鞠躬道歉。"她深深地弯下腰去："阿姨，对不起！"

这时，小勇和小钦也过来了。三个小破坏者都被"抓获归案"。我让他们分别向阿姨认错道歉，又给了他们纸笔，叫他们把自己损坏的物品名称写下来。

"虽然是小孩，但做错了事，也要承担相应的后果，作为对自己的警示。"我说，"这些损坏的东西，他们应该赔偿。不要让爸爸妈妈直接出钱，让他们用自己的零花钱、压岁钱来赔，让他们记住这个教训。"

石阿姨看了看这三个孩子，露出不忍的表情："算了，知道错了就算了，我们叫他们过来，也不是为了赔钱。说起来，他们还经常来我们儿童乐园玩呢。唉，你们怎么会对自己经常光顾的儿童乐园做这样的事啊？以后千万不要这样做了。"

"要赔的，让他们好好记住！"一旁的小勇妈妈说道，生气地弹了弹他的脑门儿，"昨天小学里的朱老师打电话给我，我才知道，他竟然干了这么坏的事！不过他昨天晚上没吃饭，他说知道自己错了，心里很难过，要用饿肚子来惩罚自己。"

我看了看小钦，他埋头写着，脸上的表情冷冷的，很倔强的样子，不像另两个孩子那样有愧疚感的流露。因为门卫爷爷不让玩滑梯，就想报复他，我又想起小书的话来，我突然觉得，眼前这个教了五年的孩子，我其实并没有深刻地理解他的世界。

（三）

原以为这事也就这样过去了。几天后，我在网上遇到了小书的老师，原来小书就读于附近一所学校。说起了这事，我表示我的困惑，为什么看起来乖巧的小孩，在没有家长在场的情况下，会爆发出这么大的破坏力?

小书老师给我看了一张照片，我惊讶地看到，照片上，有一个老师的脸被涂黑了。

“这是小书在儿童乐园上兴趣班时的老师。”她告诉我，“小书说她在那里上课的时候，不喜欢这个老师，被老师不公正地对待过。过去这么久了，她心里还是耿耿于怀。孩子是做了错事，但我想我们老师也要多反思，有时候，老师随口的一句话，一个举动，也许就会给孩子带来无心的伤害。这伤害，老师自己都未必记得，却对孩子造成了深远的影响。”

又是一个意外！我看着这张被涂黑的脸，回想着小书那文文静静、羞羞怯怯的脸，一时很难将两者联系起来。

一个人的心里要埋藏多少秘密，承担多少痛苦，才能变成大人？从那些稚嫩的脸庞上，我们这些大人，真的能读懂他们的心事吗？

我想起小钦。是的，他成绩不好，上课爱走神，作业一多或一难，他就赌气乱写。我看到他这个样子，就觉得很头痛，心想跟你说了那么多次，你为什么就是不改正？我也曾常常给他妈妈打电话，告诉她，小钦这个没做好，那样不听话，后来我就慢慢不打了，我觉得疲惫了。再后来的一天，我无意中在校门口遇到他妈妈。小钦又被留下来补作业了，而妈妈在校门口等着来接。秋雨淅淅沥沥地下着，她穿着雨衣，站在电瓶车边，默默地、无奈地等着。雨打在脸上，真凉啊，我想到，我已经很久没给她打电话，她也很少跟我联系了，我们彼此都累了。

妈妈和老师都累了，那么小钦呢？他被我们轮番批评着，指责着，他难道不累吗？

又一年的秋天到来了，而小钦早已毕业离开了我的班级。但常常会想起他，想起他的眼神和那倔强的、紧抿的嘴角，就觉得心里沉甸甸的。

眼镜腿儿断了

小岳和大钟到我办公室里的时候，大钟的眼睛红红的，还在哭。小岳的脸也涨得通红，余怒未消的样子。

“怎么了？”我问。

小岳拿出一副断了腿的眼镜：“大钟把我的眼镜撅断了。”

大钟带着哭腔说道：“因为他打我，我气死了，所以把他眼镜撅断了。”

“小岳，你为什么打大钟？”我又问。

小岳迟疑了一会儿，说：“因为上节课下课的时候，他打我的好朋友江江。”

“所以呢，”我说，“你觉得好朋友被欺负了，你是帮江江出气的，是吗？”

小岳点点头。

我问大钟：“你为什么跟江江打架？”

他抽泣着说：“以前我不跟女生玩的，这学期我做了班干部，有时会找女生商量事情，江江就说我成了女人。”

我不禁被他逗笑了:“这对你来说，是很大的羞辱，是吗？”他点头。

我转头看小岳：“好了，现在你知道大钟和江江打架的原因了。你觉得怎样？”

他低下了头：“我觉得是江江不对。”

“如果时间能够倒回，回到江江和大钟打架的那个时候，让你重新做个决定，你会怎么做？”我问小岳。

“我会劝他们不要打了，把他们拉开。”小岳回答。

“是啊，我知道你跟江江是好朋友，但是我们不能只帮亲不帮理，不要因为对方是好朋友，就一味地站在好朋友的角度来看问题，要问清原因，公平地解决问题，对不对？”我说。

小岳露出讪讪的神情来。

我把眼镜拿在手里翻来翻去地看着，说实话，遇到这样的赔偿问题，做老师的，常常为难，毕竟是要人家拿出钱来的事，我总是不太好意思去开口。

我问小岳：“这副眼镜，花多少钱配的？”他说眼镜框是两百多元，镜片的价格忘了。

“不过，这副镜片的度数本来就不够，我打算要去换副新的。”他补充说道。

我说：“我觉得，这件事情，双方都有错。小岳，你不该不分青红皂白就帮江江去出头报仇。大钟，你太冲动，用撅断别人的眼镜腿儿来出气，结果呢，事情非但没有解决，反而变得更麻烦，你也有错。我的建议是，这笔费用，你们各承担一半，你们觉得怎么样？有什么问题的，现在提出来。”

两个小孩表示同意，于是握手言和。

等他们回教室去了，我给家长打电话，说明此事。我先是给小岳妈妈打电话，她听我说完这事，表示小孩吵架很正常，不必赔偿了。听她这样宽容大度，我都觉得有些过意不去，再三表示了感谢。然后，我给大钟妈妈打了电话，把小岳妈妈的意见转告了她，同时我也提出，虽然对方妈妈很客气，但大钟也确实是做错了事，我建议让孩子给小岳准备一份小礼物，以示歉意。大钟妈妈也同意了。

第二天，大钟把礼物带来给小岳了。我一看，是个小玩具，虽然是男生喜欢的东西，但目测很便宜啊。问了下小孩，他很诚实地告诉我，价格是十块钱。我心里又犯了嘀咕，这十块钱也差太多了吧？小岳妈妈心里会不舒服的吧？可是，怎么跟大钟妈妈说呢？唉，一牵扯到钱的问题，我就犯难，不知道怎么组织语言，挺尴尬的。

虽然为难，但还是跟大钟妈妈联系了一下。我说："小岳妈妈挺客气，不要孩子赔偿眼镜腿儿。但毕竟把别人的东西弄坏了，我觉得一副眼镜也挺贵的，咱们这边也不能失了礼，是吧？我觉得价格还得相当点儿才显得有诚意。"

大钟妈妈说，礼物是昨天放学后大钟亲自去挑的，他说男孩子一定会喜欢。她也没想那么多，以为小孩之间的事情就让他们自己去解决好了。她现在就去补买一份礼物。

事情就这么过去了，下课的时候，经常看到小岳和大钟在一起玩，有说有笑的。从中有一个体会，其实小孩的纠纷、矛盾，是他们在成长过程中非常重要也很有必要的一课，通过这一课，他们学会如何待人接物，与人相处。这是一个探索学习的过程，也是一个经验积累的过程。而在这一课中，我们大人的表现，就是给孩子最好的示范——不仅要有倾听来龙去脉、分清是非对错的耐心，更要让孩子学到解决问题的智慧和气度。

小嘉失踪记

这是几年前的事了。

班里有个胖胖的男生叫小嘉，他的父亲每天都到学校接送孩子，早上总是匆匆忙忙的样子，因为搬家后，住的地方离学校比较远。有一次，我在校门口碰到这对父子，我就建议爸爸，反正只要坐一趟车就能到，不需要转车，孩子也大了，可以让他自己来。

他爸爸觉得也是，就开始让孩子独立上学放学。

一个月后的一天傍晚，我突然接到孩子家长的电话，他妈妈焦急地对我说，放学到现在已经两个小时了，还没见孩子到家。

以前班里也发生过这样的事，都是孩子贪玩，放学后去了同学家。“别急，我帮你去校讯通上发个短信问问。”我安慰她。然后，我马上上网，登录校讯通，给全班学生家长都发了条短信，询问小嘉是不是在哪个同学家里。如是，请马上与我联系。

等了好一会儿，没有人回复我。我开始着急起来，不在同学家，那会在哪里呢？

小嘉妈妈又打电话来了，急得不行。是啊，小嘉性格内向，沉默老实，平时放了学就一心回家，从未在外逗留，今天这是怎么了呢？我打算出去找他。

正跟他妈妈商量着，电话那头，突然传来了他爸爸的声音：“好了！他回来了！”

原来，小嘉这天放学后去了车站，正要上车时，一摸书包，公交卡忘带了。他没有钱，不能坐车，于是就一路走回了家。家离学校很远，他一路又东张西望的，就足足走到了晚上八点才到家。

虚惊一场。我忍不住问他：“没公交卡没钱，你为什么不跟司机说明一下？人家说不定会让你坐车的啊。”

他怯怯地说：“我不敢说。”

“那你可以回学校来，问老师或门卫爷爷借两块钱去坐车啊。”

“那也不敢。”

“你走了那么久，那么多路，多累啊。你也没向周围的人请求帮忙吗？”

“我一个也不认识。妈妈说不要跟陌生人说话。”

我叹了口气。不要跟陌生人说话，是从幼儿园就开始灌输给孩子的安全教育，但是，在遇到困难的时候，孩子不敢向陌生人求助，甚至不敢请求司机减免那两块钱，而是宁愿自己走到天黑，这样的防拐防骗教育，难道是成功的吗？

什么时候，我们这个社会的人和人之间，充满了这么多的警惕和提防？

好在小嘉的爸爸告诉我，他还是决定让孩子独自上下学，但以后也要注意教育他，在遇到突发困难的时候该怎么办。

“不能再这样傻乎乎地从学校走回家了。”他说。

我的心里顿时一阵安慰。

小林的新衣服

学校里举行家长开放日。在这一天，家长们可以去教室里看孩子怎样上课。

欣欣妈妈也来了，她听完课后来找我。她问我："那个小林，他家里条件不好吗？怎么穿着那么单薄那么小的衣服？"

我迟疑了一下，说："是的，他家里情况不太好，平时跟爸爸过。男人嘛，照顾孩子是比较粗心的。不过这个情况，我只私下跟你说说，希望你不要在外提起。"

她连声答应，从钱包里掏出几张钞票，诚恳地对我说："王老师，这个事情，我不方便出面，想拜托你给小林买几件衣服。"

我收下了钱，答应她一定会好好给小林挑几件漂亮的衣服。

下班后，我去附近的商场逛了逛，买了一套运动服，黄蓝相间的，很醒目，还给小林买了顶运动帽。他很喜欢戴帽子。

第二天到了学校，我招呼小林来我的办公室。我想了想，对他说：“有个阿姨，看过了你写的文章，很是欣赏。她很喜欢你，所以委托我给你买了套衣服，作为给你的礼物，希望你好好努力。”

小林低着头，脸涨得很红，轻声推辞着：“不用……不用。”

“阿姨是一片好意。”我说，“不要辜负了别人对你的友善。来吧，试试，看合不合身。”

他这才不好意思地走过来。我让他自己换上。

衣服穿好了，很合身。光鲜体面的衣裳让一个孩子突然有了种特别的神采，他看起来像一棵挺拔的小树。

我笑眯眯地看着他：“很好看！很帅！”

他局促地笑了笑，但我看得出，这个笑容是真心的。

“谢谢老师。”他又轻声说了一句。

“去上课吧。”我叮嘱他，“我下午要出去开会。衣服呢，我就放在办公室。你现在不必拿过去，免得同学们议论。你放学以后，自己来办公室拿去吧。”

他害羞又高兴地答应了一声，走了。

等我下午开完会回到办公室，衣服果然已经不见了。

这是我跟小林之间的一个小秘密，我觉得很快乐。小林后来悄悄给我一封信，请我转交给那个好心的阿姨。信封上端端正正地写着：“谢谢陌生的阿姨和王老师。”这是他从来都没有过的工整字迹。

十二岁男孩的梦想

班里有一个小孩叫小宇，他是个皮肤黑黑、个子高高的男孩。四年级的时候，有一天上思想品德课，主题是“我的理想”。

小宇站起来，很认真很严肃地说：“我的理想，是开一家粮油店。”话音刚落，学生们就哈哈大笑起来。他不为所动，继续说：“这家粮油店的名字我都想好了，就叫‘888 粮油店’。我之所以想开这家店呢，一是我叔叔开了一家这样的店，生意不错，很赚钱；二是现在食品质量不让人放心，我打算种几块田，让这家店卖的所有的东西都是我自己种出来的，完全保证质量，大家可以放心吃。我也吃，边吃边卖。货品都非常便宜，不是八毛钱一斤，就是八块钱一斤，所以起名叫‘888’。为了实现这个理想，我还决定在创业前，先捡两年破烂，为开店攒够原始资金。”

学生们听得津津有味，忍不住为他鼓起了掌。我也很赞叹，夸奖他很有头脑。他涨红了脸，兴奋地坐下。

我以为这事就这么过去了，小孩的理想嘛，还不是说说而已，看起来很美，也很天真，不过是为我们这些自认为身心苍老的成年人提供一些感叹和惆怅。

转眼到了五年级的下半学期。这天，我带队去美术馆搞活动，小宇也去了。下午很热，学生们吵吵嚷嚷地去买水喝。我也买了瓶水，很快就喝完了，正想找个垃圾桶扔掉，小宇跑到我跟前："哎，老师，你这个瓶子给我吧。"

我随手把瓶子递给他。只见他接过去，熟练地往地上一放，用脚一踩，瓶子被踩瘪了。再一看，他手里拿了好几个这样被踩瘪的瓶子。

"干吗？"我问。

他嘿嘿一笑，说："我攒着卖钱啊。"

旁边的女生围过来，七嘴八舌地说："老师，刚才他盯着我赶快把水喝完呢。""老师，他踩瓶子的脚法好专业啊。"

我忍不住又问他："你一直在这样收集吗？"

"是啊，"他一边整理瓶子一边回答，"我攒一些瓶子后就会拿去卖，每次都能卖十几块钱呢。我把这些钱都攒着。我不是说过要开家粮油店吗？这就是我的原始资金了。"

我又吃惊又敬佩。是的，敬佩，我第一次觉得，理想这个词是如此令我感动。

在回学校的公交车上，小宇提着那一袋子塑料瓶跟我聊天。他告诉我，其实他有三个理想，第一个理想是做计算机专家，最好是能做个黑客，很酷；第二个理想是做个医学博士，专攻肿瘤；第三个理想是开粮油店。“一开始肯定会亏点儿本，但是我有信心，最后一定能挣到钱！”他很自信地对我说。

在他意气风发的宣告下，我觉得自己很惭愧。

关于理想，关于信念，几乎每一代人都会看不惯下一代人，表示担忧和鄙夷。曾经，60后认为70后是“愤青”,70后认为80后娇生惯养，80后认为90后脑残，而当90后迈入二十岁门槛，又开始担心00后、10后是被电脑化的一代。其实，撕下这些年代标签，你会发现，其实每一代年轻人都值得期待，他们最终也一定会成为这个社会的中坚力量。

王老师说

张晓风在文章里这样写道：“我不曾迁移户口，我不要越区就读，我让孩子读本区的小学而不是某些私立明星小学，我努力去信任教育当局，而且，是以自己的儿女为赌注来信任的——但是，学校啊，当我把我的孩子交给你，你将给他怎样的教育？今天早晨，我交给你一个欢欣诚实又颖悟的小男孩，多年以后，你将还我一个怎样的青年？”

每次读这段话，都仿佛有一根重重的鼓槌敲在我的心上。

我所面对的学生不是一个普普通通的小孩，他们是一个家庭的希望。

我想起我初次拥抱我孩子时的感受，一个小小的婴孩放在我的怀里，如此柔软、娇弱，又似乎有比全世界还重的分量。无数个夜晚，我抱着他哼歌，在沉沉的夜色里哄慰他的啼哭我喂养他，引领他，保护他，在过去的几千个日夜里，我倾注了所有的爱和耐心给他。

我这样待我的孩子，别人也这样待她的孩子。

我如此深爱我的孩子，别人亦如是。

我要怎么做，才不辜负这样的一个生命，这样的一份希望？

想到这里，就觉得手中的这支粉笔沉甸甸的。

5 家长信箱

谁都不是“熊孩子”

小宇同学前几天说要给我带一本很好看的书，今天终于带来了，是灰谷健次郎的《兔之眼》。大致翻了一下，讲的是老师如何关爱坏孩子的故事。早读课时，我特地在他面前认真地翻读这本书。他走过去，装着不经意的样子瞄了我和书几眼，面有喜色。嘿嘿，这个坏小子，平时常挨我批评，想给我洗洗脑吗？

陪你捕捉每一次好奇

要不要提前学拼音？要不要提前识字？要不要提前学算术？我的看法是，因人而异。每个家长都应该对自己的孩子有充分而全面的了解，如果这点儿学习内容对孩子来说不会造成太大的负担，而且孩子也表现出认知的兴趣，那就不妨学一学。切忌盲目跟风，看到周围的孩子都在学，因为不想居于人后就强迫孩子去学，并且拔高学习难度，一定要孩子掌握到较高程度，那会导致孩子厌学、弃学。

以识字教育为例，我很相信陶行知先生的一句话："生活即教育。"要想让孩子识字，家长在生活中就要做个有心人。儿童识字的规则是，不要把生字单个拿出来让孩子指认，而是要放在词语、句子或一些具体的语言环境中。比如"鹦鹉"这个词，结合图片或实物，孩子很快就能认识这个词语，但是单独把"鹦"或"鹉"字拿来给孩子认，孩子往往记不住。有些家长遇到这种情况就会批评小孩，指责其学习不用心，或者干脆对孩子说“你可真够笨的”，导致孩子渐渐对识字产生畏难情绪，最终讨厌识字。

开拓各种识字途径，丰富孩子的识字资源，可以用各种现成的识字卡片来教学，我很喜欢跟孩子一起做识字卡片。选择词语的方法有以下几种，供大家参考：

1. 从孩子熟悉的生活词语入手。我每次让小菜识字前，都会跟她商量一个今天的生字主题，比如“我的家”主题，由小菜报各种家具、家电的名称，我写在一张小纸片上，写完后，我先示范读，再让她跟读，读几遍后，请她把这些小纸片贴到相应的物体上去。一般每次学习十个词，学完以后，冰箱、墙面、地板等都挂上了自制的小标签。我再请小菜到这些物品前去一一点读，对有些没有掌握好的词语，可以多读几次。

2. 生字主题可以是多种多样的。比如“我爱吃的水果”“夏天到了吃点儿啥”“我爱去动物园”“我平时常做的事情”等，都是切合儿童实际生活，能引发他们学习兴趣的话题。以“我爱去动物园”为例，我带小菜去动物园的时候，拍了好些动物的照片，冲洗出来后，做成一本小相册。我和小菜一起翻阅照片，一起在照片下标注动物的名字。然后，进行简单的说话练习，用“我最喜欢……因为……”这样的句型说话。在这样的练习中，家长不要一味地只要求孩子说，要和孩子互动，积极参与到谈话中去，尊重孩子的情感和价值观。比如，当孩子说“我喜欢狼”的时候，不要以“狼是坏动物”去否定他的喜好，而是要耐心倾听他的理由，予以接纳。语法上的表达错误，以“跟着妈妈（爸爸）这样来说一遍”为指导，示范性纠正，比单纯指出“你说错了”更有效。

当孩子学完这些词语后，用多种游戏方式予以巩固记忆，如：将五张词语卡片铺开，逐一指读一遍，然后让孩子闭上眼睛，妈妈藏起其中一张，让孩子睁眼后辨认是哪张词语卡片被藏起来了。还可以由妈妈来扮演其中的一个动物，让孩子来找出对应的那张词语卡片。让孩子来做老师，带着妈妈一起来读词语卡片，也是很能激发孩子学习兴趣的办法，同时也是树立孩子学习自信心的有效途径。当孩子把当天的识字任务完成后，要在以后的几天多进行学习巩固。我把给小菜制作的生字卡片都集中放在一个塑料盒子里，经常拿出来复习。当词语能被熟练认读后，还可以开展一些活动，进行知识拓展和能力延伸性练习。比如，将两张动物词语卡片放在一起，请孩子根据这两张卡片进行童话故事的口头创作。家长先给孩子进行示范，讲的故事要有新意，比如“乌龟”和“兔子”这样的词放在一起，不要再讲《龟兔赛跑》这类老掉牙的故事，而是要积极创新，想出别出心裁的故事。讲故事也不要流于思想教育，给孩子编故事，要以“有趣好玩”为最重要的标准。有了家长这样的示范，孩子在故事创作上才能天马行空，自由不羁。后面的词语编故事可以逐渐加大难度，把以前学的词语，如家具、食品、动物等混杂在一起，既是对词语的复习，也是对语言能力的开发。

3. 让孩子在具体的生活场景中学习。外出坐车，在公交车站可以认读车站名称；去超市买东西，可以让孩子读各种包装袋上的文字；步行逛街，可以读各种商店的招牌、广告海报。尤其是家附近的各种店名、告示、宣传语等，因为能经常认读，孩子记得快，记得牢。

4. 和孩子一起剪一剪，粘一粘，做识字小报。平时在包装袋、报纸上等认识的词语或短句，可以剪下来，粘在一张 A4 大小的白纸上，经常拿出来让孩子读一读。在去超市的时候，可以让孩子来寻找“方便面”“饼干”“糖果”这样比较简单又常用的词语，让孩子带家长去找到这些相关的货物，并及时予以肯定和鼓励。只有学以致用，才能激发孩子的学习兴趣和动力。

5．一定要努力培养孩子阅读的习惯。对学前儿童而言，绘本是很好的学习工具。家长在为低龄段孩子挑选绘本的时候，要选择那些薄一些的书，画面要好看，文字要少。比如《我妈妈》《我爸爸》这样的绘本故事，每一张画面就配一句话，语言生动有趣，很受小孩欢迎，而且家长读过几遍以后，孩子就能复述。让孩子用手指指着这些句子复述，也是一个学习认字的过程，因为孩子一开始是从父母的讲述中记住这个故事的，未必是认识了每一个字。

提前识字要遵从的原则是不过量，不过难，让孩子在游戏和生活中轻松学习，而不是以“专门学习活动”这样的方式呈现。润物细无声，关键是在孩子成长的过程中，父母要有一颗善于引导和发现的心。当然，作为成年人的自己，始终怀有一颗童心，就能在和孩子的相处与对孩子的教育中摆脱严格的说教，把教育体现在丰富多彩的活动中，这也是让孩子爱上各种学习的重要原因。

孩子是一面诚实的镜子

公共场所大声吵闹、自私、任性、热衷于搞破坏，大家把这些孩子称为“熊孩子”。熊孩子不招人喜欢，但往往他们的父母意识不到孩子的问题，因为熊孩子的背后往往站着一对“熊家长”。

隔代亲几乎成了培养出熊孩子的一个重大因素，爷爷奶奶外公外婆宠爱小孩到百依百顺的地步。指责父母或公婆，年轻的家长常常觉得为难，觉得很难开口，双方本身就是带着不同的成长烙印，不同年代里的人所持有的教育观也不同，真一开始争论，往往会变成家庭矛盾。所以，有些父母就选择睁一只眼闭一只眼，导致孩子的行为习惯问题更加严重。要知道，养成一个习惯不容易，而纠正一个已养成的习惯更难。

怎么办?

我的想法是：尽量自己带孩子，尽量用自己的行动去影响老一辈，改变老一辈。请注意“尽量”二字。这两个字告诉我们，事在人为，努力去做一些，总能改变一些，比放任要强。

要培养一个受欢迎的小孩，首先家长心里要有清晰的目标，要知道什么行为是不可以的，什么举动是必须做到的，而且要从平时的细节入手，常抓不懈，多观察，多发现问题。

我曾带着两岁的小菜去邻居家做客。别人给她吃饼干，她吃了，还把饼干碎末掉在了地上。我让她把所有的碎末都捡起来，用餐巾纸包起来扔掉。邻居大婶赶快劝阻，说算了，只是个小孩子嘛。但我坚持让她做完。她蹲下来，仔仔细细地把饼干屑捡干净。我告诉她，吃东西的时候要注意，别让碎屑掉下来，如果掉下来，就要自己打扫干净。她点点头。

与邻居告辞的时候，小菜心不在焉地低头说了声“拜拜”。

“抬起头来，看着别人的眼睛，然后认真地说再见。”我对她说。她把脑袋抬起来，看着邻居大婶的眼睛，重新说了一遍再见。大婶的眼睛笑弯了，夸她有礼貌。我趁机对她说：“看，这样跟人说再见才有礼貌，大家才喜欢你。以后也要这样做，知道了吗？”

这样教育了小孩，是不是下次她就养成了这个习惯呢？其实不然。小菜在和别人告别时，还是会低头，会心不在焉，我还是要一次又一次地提醒她，直到她最终养成这个习惯。

另外，孩子不肯好好吃饭，是很多家长头痛的问题。然而我觉得好好吃饭，不仅是要把饭吃完，还包括坐得好，吃得快，吃得干净。没有吃完饭就不许下桌，这是我给小菜制定的规矩，她必须做到。当然，一开始，她做不到。当她没耐心吃饭的时候，就会跳下桌来，噔噔噔地跑开去拿玩具。我不斥责，也不发火，只是坚定地把她抱回来，说："你没有把饭吃完，是不许走的！"她会扭着身子表示抗议，甚至撒娇哭泣，我都不为所动。当家长执行要求的时候，一定要坚定而温和。不要发火，发火只能显示你的无助，加重彼此关系的紧张程度。没有孩子会喜欢一个动不动就生气的妈妈。

吃饭时，要用手端着碗，不能把手垂在一边；喝汤时，不能发出很大的声响；咀嚼时，不要吧唧嘴；夹菜时，不可以在菜盆里扒来扒去，挑挑拣拣；自己喜欢吃的菜，不能盯牢了猛吃，也要留些给别人吃……餐桌上该注意的礼仪真是太多了，家长需要有很大的耐心来陪着孩子好好吃饭。让孩子学会有礼貌地吃饭，真的不容易。

家长不要动不动就发火，尤其是在吃饭的时候。不要总是训斥孩子，这会使孩子失去进食的兴致，可以多用目光和肢体语言提醒。孩子是最讲道理的一群人，只要你从习惯培养的一开始就注意温和地提出并执行，其实孩子是很愿意配合的。

温和而有原则，这几乎是纠正孩子不良习惯的最重要的法则。

在行为习惯的养成教育中，我相信可以以不变应万变，不管孩子出现了什么样的问题，作为家长，首先心里要清楚“他应该怎样做”，并且坚定地去要求。要求的态度不要盛气凌人，因为提出要求不仅是为了得到孩子的配合，呈现给孩子的处理态度，也最终会影响他将来处理问题的方式。家长的言谈举止，就是孩子最好的模仿范本。家长文雅，孩子就不会粗鲁；家长懂礼貌，孩子就一定不会骄纵。

马马虎虎的孩子

家长举手：

我儿子上一年级已经一个学期了，在老师的眼里他是一个好学生，因为上课非常认真，积极举手回答老师的问题。可是每次考试不是这里错就是那里错，给我的感觉就是他没有用心去做。每次和他谈心时都告诉他不管做什么事都要用心认真，他也说知道，我该怎样去帮助他克服这些缺点呢？

王老师回答：

"上课非常认真""积极举手"，这两个信息的来源是哪里？如果是老师的反馈，老师是否有出于礼貌先表扬后批评的考虑？我相信老师在表扬这一点后，多半会语气一转，说"但是……"。

"考试不是这里错就是那里错"，相信这不仅是家长的发现，老师也一定发现了。在实际教学中，出于对家长的体谅和尊重，老师在反映问题的时候，会尽量用婉转的口吻。“积极举手”和“考试不是这里错就是那里错”这两个行为其实是非常对应得上的，说明这个孩子课堂上表现活跃，参与热情高，但也很可能“想到什么就举手，未经仔细思考”。“上课非常认真”，不仅是指孩子在上课的时候对回答问题的参与度高，还包括有效倾听，就是能及时捕捉老师在讲课过程中传递的信息，能主动进行思考，提出质疑，乐于做笔记，而且还要看回答问题的准确度如何，是否能解答有难度、需要思考的问题。单是举手次数的多少，并不能完全说明听课的质量。

“每次和他谈心时都告诉他不管做什么事都要用心认真”，家长提出这样的要求其实就是无效要求，笼统，空洞，貌似正确，其实没有具体的可操作性。家长切不要把这类话变成日常家庭教育中的口头禅，因为这样导致的后果就是“家长习惯性那么一说，孩子随口那么一回”。“他也说知道”，其实并不知道。

对于如何纠正，我始终认为，教育的关键就是抓细节。“不管做什么事都要用心认真”，那么家长就要有意识地在日常生活中培养孩子用心认真的习惯。比如，在幼年时期，孩子喜欢涂鸦，在画完画以后，要求孩子把所有的画笔都整齐地放回盒子里；吃饭的时候，掉下的饭粒要及时地捡起，保证就餐桌桌面的干净；在遇到小动物的时候，要引导孩子仔细全面地观察，以昆虫为例，可要求孩子说出“这只小虫子有几条腿？几对翅膀？脑袋是什么样的？触角什么颜色？”等等，这些都是培养细心观察的重要途径，最后要求孩子有条理地把观察到的事物描述下来。家长在认真倾听的过程中，要随时给出反馈、指导和纠正。这是良好的学习习惯形成之道，很多年前，教育学家陶行知先生就曾说过，生活即教育，意思就是说，教育要通过生活才产生力量，而成为真正的教育。

希望以上想法，对你有所帮助。

不适应新环境的孩子

家长举手：

我的孩子现在读小学一年级，平常在班里成绩中等。我们是做生意的家庭，一直比较忙，现在为了孩子读书，特地带他离开以前的住所，到学校附近居住。可小孩好像不适应这种生活，变得很沉默，还不如以前不管他的时候活泼，而且成绩也没有好起来。我该怎么做?

王老师回答：

有些孩子很开朗，善于交际，能迅速融入新环境，而有些孩子比较内向，惧怕陌生的环境，不能主动与人交往。以上这些，都是很正常的。作为父母，首先要关注的是“孩子为什么不快乐”以及“作为家长，我能为他做些什么”。这个时候，就应该把成绩放到一边去。家长最应该把孩子的感受放在第一位，把对心灵的抚慰放在第一位，而不是只看重分数。

“做生意的家庭”“一直比较忙”，这跟教育孩子没有必然的冲突。我相信鲁迅先生说过的那句话，时间就像海绵里的水，只要愿挤，总还是有的。建议家长把所有的理由都放下。即便陪伴孩子的时间不是很充裕，但只要在陪伴的时候，家长能专心投入、用心陪伴，多多关注孩子的成长，及时发现孩子在生活和学习上出现的问题，争取做到有质量地陪伴，对孩子来说，也是件十分满足的事了。

如果只是换了个住所，而不是学校，那么孩子最主要的学习环境没有改变。按我的理解，仅仅是如此的话，还不至于给孩子带来太大的困扰。离学校近了，上学放学方便了，他应该觉得高兴才是啊。所以，我猜他最近的沉默并不是因为住所的改变，是不是有其他原因？“还不如以前不管他的时候活泼”，家长不要有这种想当然的判断，要想知道孩子不如以前活泼的原因，还是建议家长好好跟孩子沟通一下，认真谈一谈。

另外，我还想说，你说的“管”，应该说的是教育吧？教育是必须的，但如按你的提问中所说，以往不怎么管，而现在一下管得很紧，孩子很可能不适应。更有可能是家长管得不得法，呵斥太多，指责太多，家长和孩子之间缺乏友善平等的沟通。所以，先从这个“管”字开始改变吧，把“管”改成“教育”，改成“沟通”，你会发现，其实这个问题并不那么棘手。

不愿意打招呼的孩子

家长举手：

我的孩子今年四岁了，很怕羞，在家里很能说，到外边谁也不敢叫。有时我让她必须跟别人打招呼，她都哭了，还是不肯叫人，怎么办?

王老师回答：

四岁的孩子，尤其是女孩子，在陌生人面前表现出羞怯是很正常的反应。我常常觉得大人是一群记性不好的人，因为他们长大后，就很快忘了自己的童年，忘了自己曾有过的心情，急于用成人的标准去要求孩子。

落落大方、乐于交往当然是一种很好的品质，不过这种品质要慢慢养成，罗马不是一天建成的。想让孩子跟陌生人打招呼，首先父母要传递给孩子“陌生人不都是可怕的”这个理念。这几年来，因为拐卖儿童的案件经常在各媒体曝光，所以家长会经常告诉孩子“不要跟陌生人说话”，加之传统的教育里，大人为了让孩子听话，又常常以“保安叔叔来抓你了”或“营业员阿姨要过来骂你了”来阻止孩子做某件事，使孩子对陌生人充满恐惧和戒备，又加之四岁这个年纪，正是开始探索世界又小心翼翼的阶段，不肯跟陌生人打招呼也是很正常的表现。

既要让孩子有足够的自我保护意识，又不要因噎废食，为此关闭与外界沟通的欲望，这个度不是太好掌握。我建议，当孩子在陌生人面前表现出抗拒和紧张时，家长可以抱起孩子，轻轻拍其后背，接纳孩子的所有情绪反应，轻轻告诉他“不要紧，没关系，这个叔叔（阿姨）很喜欢你”，试着让孩子和陌生人有距离地相处一段时间。这个时间不必太长，如果孩子表现出强烈的抗拒，就干脆抱着离开，同时做好安抚工作。如果孩子能比上一次有所进步，比如与他人相处的时间略微延长了一些，表现的抗拒不那么明显了，就要给予积极的肯定和表扬：“宝宝很棒！今天表现得很有礼貌！”以增强孩子的信心。

不必强迫孩子向对方打招呼，如果孩子坚决不肯，可以由父母代劳打招呼，不要因此去批评孩子。对陌生人的安全感是逐步建立的。我花了将近一年的时间才帮我的女儿逐渐摆脱对陌生人尤其是陌生男性的恐惧。她从一见陌生人就逃走，到看着对方微笑，到最后大方有礼地打招呼，用了一年时间——对，就是这么漫长。

看着对方微笑是在她不肯打招呼后，我给她的一个折中的办法。我告诉她："如果你不想叫叔叔，可以跟叔叔笑一笑。"家长对自己的教学目标既要坚持，也应该有所让步。如果孩子连笑都不肯笑，就可以鼓励她看看叔叔。这样慢慢消除紧张感，慢慢培养其与人交往的信心和能力。

如果有一天，孩子终于能说出"叔叔好"，一定要及时并且真诚地给予肯定和赞扬："宝宝今天很勇敢，很有礼貌，妈妈真为你感到高兴！以后还这样跟别人打招呼好吗？"在家长不断的鼓舞下，孩子会越来越敢跟别人说话的。

当孩子开始有勇气跟陌生人打招呼后，还可以通过多种方式继续拓展孩子的交际能力，比如请他帮忙去收银台付钱，请他帮忙问餐厅营业员要些餐巾纸，等等。如果孩子表示害怕，也要一步一步慢慢引导他。一开始可以由家长带领去，请孩子看着家长是怎么操作的，然后可以请孩子自己去，家长在旁边陪着。当孩子受到不断肯定和鼓舞后，他会愿意尝试着自己独立去做这些事。当孩子做好这些事的时候，一定要认真地感谢他并表扬他。

很久以前看过龙应台的《孩子你慢慢来》，我很喜欢这个书名，成长是一件点滴进步汇聚而成的事，我们实在不必太着急。让我们牵着孩子的手，告诉他，你慢慢来，不管怎么样，爸爸妈妈会在身边一直陪着你。这样，孩子才会从容而自信地长大。

不主动学习的孩子

家长举手：

我家孩子六年级，可以主动把作业写完，但仅是把作业写完，复习巩固却不做，想提升学习成绩不太容易。作业之外的事情，比如，适当的课外题，每天的日记，主动性非常差，如何调动孩子主动学习的积极性？

王老师回答：

“作业之外的事情”，其实再准确点儿说，是“作业以外的作业”，这其实是天底下所有孩子都反感讨厌的一项作业。老师布置的作业尚且有完成之时，“作业以外的作业”，或者美其名曰“自觉作业”，却如同汪洋大海，而孩子驾驶孤舟一叶，永远没有看到彼岸的可能。

对这项作业的主动性非常差，这简直太正常了，这才是孩子嘛。如果一个孩子在完成老师的作业后，还积极主动地自己找课外题做，每天写日记，那才是不正常的。家长们，请你们回忆一下自己的童年，是不是这样？

你家孩子六年级，鉴于目前普遍的作业量，能主动把作业写完，已经是很好的学习习惯了。作为家长，你要多给予鼓励和理解。你应该经常对他说："孩子，妈妈从来不用费心催你写作业，你让我过得很轻松，我真为你的努力感到骄傲和自豪。"要承认孩子的天性（爱玩），也要认可孩子的努力（主动写作业），首先做个理解孩子、体谅孩子的家长，孩子才愿意亲近你，愿意听你的话。

如今，市场上的课外题泛滥，家长在要求孩子做课外题的时候，是否要帮他把好关？是否应把那些无效的、重复的习题剔除出去？孩子埋头做一大堆无效练习，还真不如不做。所谓事倍功半，就是如此。好的习题，能帮助孩子举一反三，深入透彻地做完这道题，比做一大张卷子来得更有意义。如果家长不能为孩子选好课外题，可以请老师帮忙，给予指导。切忌把一本练习题扔给孩子，责令其必须做好。这种毫无目的的做题，对孩子而言是负担，更是折磨。

关于日记，请家长扪心自问一下，你自己能做到吗？如果家长自己也做不到，就不要勉强孩子做到。己所不欲，勿施于人。让孩子热爱表达、热爱书写的渠道有很多，可以带他去野营，去旅游，去看电影，去养小动物，有了多彩的生活内容和丰富的情感体验，孩子才有话说，而强迫写日记是其中最无理也最无效的一招。

在责备孩子达不到自己的要求之前，家长要多反思自己：我的教育行为，到底做对了吗？孩子不听话，究竟是为什么？我需要在哪里改变一下？

作为一个五岁女孩的妈妈，我愿与你共勉。

讨厌弟弟的孩子

家长举手：

我女儿读五年级，她是男孩的性格，喜欢看冷笑话、呆头故事等，但情商不高，心态消极，忌妒心重。她的表弟寄住在我家里，她常当着大家的面就问："什么时候走？我受不了了！"表弟受伤，腿被撞得乌青，她也没有半点儿同情心，不懂得安慰别人。该怎么样引导调整？

王老师回答：

拥有男孩性格的女孩子是什么样的？是不是性格粗枝大叶，不拘小节，做事风风火火，笑起来全身颤抖，连大牙都露出来了，还喜欢跑前跑后，跳上跳下？如果你所说的男孩性格就是这样，那么我觉得一点儿问题都没有，因为我小时候就是这样的性格，曾经因为爬树摔下来过，也因为去抓青蛙而掉进河里，但这些丝毫没有影响我日后成为一个知书达礼的女教师，哈哈。

“喜欢看冷笑话、呆头故事等”，这有什么问题吗？几乎所有的小孩都喜欢看这类故事。之所以用“几乎”一词，是因为我相信在这个世界上确实有一种小孩像“五道杠队长”黄艺博那样喜欢看新闻联播，但这种小孩太少了。这个世界上的大部分小孩，都喜欢看那种无厘头的漫画，喜欢讲屎尿屁笑话。

怎样？如果以上两个问题都不成为问题，那么现在来说说第三个问题吧。

我之所以愿意花一些笔墨来谈论第三个问题，是因为我认为你所描述的这个现象很有普遍性。对表弟有敌意，对亲情有霸占欲，很多小孩都会这样，我也有过。小时候，我表弟寄住在我家一年。因为我比他大四岁，而且他是客人，所以这两条成了我凡事必须让着他的理由。有了好东西，必须表弟先挑；两个人吵了架，必须我认错；表弟喜欢的东西，我必须让给他……因为家里有了表弟，我觉得家人对我也没以前那么关心了，爸妈先关心的是表弟吃饱了没有，表弟有没有想家，是不是需要安慰。我忽然被剥夺了在这个家庭中的中心地位，受到了许多当时在自己看来不公正的对待，这一切，只是因为家里来了表弟寄住。

我跟表弟一直相处得挺好的，在他来长住之前，我比家里任何人都盼望他来跟我做伴。然而从他寄住以后，我就开始讨厌他了，因为他入侵了我的空间，霸占了我的东西——包括物品和亲情。

我就找碴跟他吵架。请原谅一个十二岁少年的幼稚吧，除了找碴吵架，我真不知道该怎么样表达对他的讨厌。但是这个幼稚的招数，只能给我带来更严厉的批评和惩罚，我被爸妈大骂了一顿，然后他们都忙着安慰表弟，故意表示对我的疏远和冷落。那个在黄昏里哭泣的小孩，当时满心的郁愤，满脑子想的都是：凭什么！凭什么啊！

是啊，为什么招待别人家的小孩就一定要委屈自己家的孩子呢？非要通过这种方式才能表示自己的热情好客吗？公平公正地对待两个孩子，并不因客人的到来而减少对自己孩子的关心，才能使自己的孩子带着愉快的心情去接受客人啊。你认真回想一下，当你的女儿跟表弟起冲突的时候，你是不是说过"你是姐姐，要让着弟弟啊"这样的话？有冲突的时候，作为家长，不该是一个公正的评判者吗？如果仅仅以"姐姐""弟弟"或"主人""客人"这样的身份差异来处理问题，也难怪女儿心中有怨气。

让女儿知道，表弟来家里，并不会威胁到她的地位，更不会使她受到委屈，作为小主人，能招待客人，让客人过得开心快乐，是一件很棒的事情。这样一来，你的女儿就不会对表弟抱有那么大的敌意了。至于表弟的腿被撞得乌青，而女儿不闻不问这事，我建议你把这件事情完全交给两个孩子去处理，你只要交给女儿一点儿必要的药品，并给予一些指导，请她来做家庭医生，然后就走开吧。

当你忙完自己的事，回头再去看这两个孩子的时候，你会发现，你的女儿完全能胜任小医生这个工作，并且把表弟照顾得很好。

每个女孩都有母性的本能，你要相信这一点，不管这是一个多么像男孩的女孩。

给焦虑的大人们

转眼又快到暑假了，各个幼小衔接班报名踊跃，即便有家长迟疑，这个班真的有必要上吗，可是看到其他家长积极的样子，也难免着急起来：上了未必有用，不上肯定是不行的吧？

这是一种当下很普遍的心态，不仅是对幼小衔接，也包括对钢琴、舞蹈、国学等诸多幼儿培训项目。今天就来谈谈幼小衔接吧。

幼小衔接，顾名思义，就是帮助幼儿园大班毕业的孩子更快、更好地适应小学一年级的学习生活。幼儿园和小学的校园生活有很大的区别，提前做好准备是对的，但未必要通过幼小衔接培训班，因为孩子要获得的，不是拼音、口算这些知识的提前学习，而是学习品质的建立和学习习惯的养成，这两方面是非常重要的，是需要家长在日常生活中用自己细致的观察和辅导帮助孩子建立起来的。

其实，无论习惯还是品质，如果到这个夏天，家长才开始意识到其重要性，实在为时已晚，但只要亡羊补牢，能坚持和不断反思，不断调整指导方法，还是会有明显效果的。最理想的教育状态，是在孩子刚学会走路、说话时，就有意识地培养他良好的学习品质和习惯。比如，认真倾听，这点在小学阶段非常重要。有些孩子因为在幼儿园学了不少拼音和算术的基础知识，所以上学后，会表现出游刃有余的学习状态，很轻松就能拿一百分，但如果没有养成上课倾听、认真捕捉老师的讲课信息这一品质，那点儿老本很快就会啃完，一上三年级，就会呈现明显的学习退步，因为那个阶段的学习难度加大了很多。而如果孩子在幼儿园期间没有学过拼音算术，又没有很好的倾听品质，上课时注意力不能很好地集中，那么一上学，他就会表现出很吃力的状态，继而讨厌上学，排斥学校，渴望重回幼儿园。这样糟糕的开头，如果一直持续，后期的学习，可想而知。

如何培养孩子倾听的品质

首先，家长要以身作则。在孩子向你倾诉表达的时候——无论在成人看来是多么微不足道的事情，对孩子来说都是大事——必须专注地看着孩子的眼睛，认真听他说完，不要打断他，然后把你的想法告诉他。如果是悲伤的事，要记得安抚他：“我知道，你一定很难过，让我来抱抱你，这样也许能让你觉得开心些。”如果是开心的事，也要积极地给予回应：“我也觉得很开心呢。”如果是他希望你提供帮助，你要好好听他说完整个问题的来龙去脉，再耐心地给出解决方案。

这些都是从孩子的幼年期就要重视的问题，心不在焉是很容易在家长和孩子之间相互感染的。如果你在之前没有做好这件事，那么，这个暑假，请你好好给自己，也给孩子补上这一课。纠正会比新养成更花时间和耐心，也会经历更多的失败，但还是值得去做。倾听的学习品质，不仅将会给孩子的课堂学习带来很大的帮助，对他将来的人生也是有重要作用的。

其次，培养孩子“坐得住”的学习品质。小学的课堂要求跟幼儿园不同，虽然一年级的任课老师也会考虑到孩子的年龄特点，在课堂上努力设计一些游戏，以吸引孩子的注意力，但毕竟跟幼儿园阶段没有学习负担的情况不同，上课有任务，有难度，有要求，孩子一开始或许会觉得不易适应，觉得不好玩，太难，注意力容易涣散。而开小差、做小动作又容易被批评，从而使孩子对学习产生排斥。所以，家长平时要有意识地培养孩子“坐得住”的品质，当孩子沉浸在自己的阅读世界时，不要去打扰他，可以事后多表扬他：“你自己今天看了半个多小时的书呢，很安静。”当孩子坐不住的时候，要安抚他：“我知道安静地坐着对你而言是一件不容易的事，但你如果能认真把这本书看完，会很棒。”或者说：“你今天很专心地把橡皮泥捏完了，以后上学了也能这样专心致志地听老师上课，就能学到更多的本领了。”孩子是很感性的，很希望得到家长的认可，这样的鼓励，能使他们更好地巩固这些习惯。

“坐得住”，还要“坐得好”。我见过不少坐不好的小孩，有些永远都是歪着身子坐，有些则把一条腿垫到屁股底下，也有学生整个身体都倒在椅子上。这些不好的坐姿，不仅影响听课质量，也对孩子的身体没好处。不仅要坐得好，握笔姿势也需要关注。现在不少孩子识字写字早，学会了写一横一竖，却没有被教以要握好笔，各种握笔姿势都有，而且在幼儿园阶段就已经初步养成，到了小学还得不到重视的话，就很难纠正过来了。不良的握笔姿势，容易导致近视，写字速度也会减慢，或是字的结构不好，写得难看。所以如果家长打算找个暑假让孩子学点儿书法，一定要注意孩子的各种姿势问题。

要让孩子爱上小学阶段的学习，家长要注意，不要恐吓、打击小孩，比如“这么不听话，我看你上学后肯定是完蛋了”，或“还睡懒觉？以后上小学了也这样，红领巾就别想挂了”，诸如此类，那样会让孩子对小学有恐惧、反感，应该以正面宣传小学教育为主。现在宁波严禁择校，孩子都是就近上小学，学校资源在假日都是向社区开放的，可以带孩子去提前熟悉下学校，告诉他一些基本的学校机构，比如操场、厕所、门卫室，使他尽早地熟悉环境，喜欢上自己的新学校，对新学期生活充满期待和向往。

关于拼音和算术，对各位家长说句实话，虽然有难度，但只要孩子有良好的学习习惯和品质，这点儿难度，不算大的。每年，一年级学生都会在开学两个月后组织过关检测，基本上都能过关，所以我觉得不是非要在暑假去提前把这些知识点学好不可。一节语文课上学三四个字母，对一般的孩子来说，是可以掌握的。但家长一定要做到的是，要和学校配合做好工作。比如，老师布置作业要求孩子回家读五遍，就一定要严格执行，而且视孩子的掌握情况，必要时还要酌情增加练习量，每天都搞定所有该掌握的内容，不拖沓。

提前识字可以进行。生活即教育，在日常生活中就可以融入识字教学，比如去超市、外出坐车、逛街等的时候，都可以有意识地引导孩子来认字。不必强求一次就要记住，可多次重复出现，次数多了，孩子自然就认识了。在具体的语境中识字，比单纯读识字卡片更有效。本来就是润物无声、无心插柳的事，所以也不必追求一定要在识字数量上达到多少的量，只要能坚持，就一定会有成效。早识字，多识字，对孩子上一年级后读懂作业题要求，记录每天的作业都有很大的好处，也能鼓舞孩子学习的信心。

最后要说的一点，对家长来说是最重要的一点，就是充分了解自己的孩子，多花时间和孩子在一起，在生活点滴中随时注意纠正孩子的细节问题，使其养成良好的生活习惯与学习品质，而不要盲目跟风，徒增焦虑。把自己搞得很紧张，也让孩子很疲惫，实在不必，做小学生的家长，放轻松，其实真没那么难。

不喜欢看书的孩子

几乎所有家长都希望孩子拥有良好的阅读习惯，但也有很多家长为孩子始终不爱阅读而苦恼。

有个老教师告诉我，很多孩子，在离开学校后的第一件事，就是扔掉阅读。这种现状真是令语文老师们失落，从一年级就开始极力倡导的阅读教学，为什么始终得不到孩子们的认可？

也许，把期待放得低一些，我们的失望就会少一些。

这篇文章，来和父母们谈谈如何和孩子一起阅读的问题。

我所说的期待，是希望家长们放弃那些功利化的想法。我曾在一次讲座上问过台下的父母，为什么要让孩子阅读。很多家长告诉我，只有阅读很多的书，才能写好作文；只有写好作文，语文才能得高分。

阅读会影响写作，这个想法是对的，但是我们如果只是把着眼点放在最终的分数上，那么无论是给自己的动力，还是给孩子的动力，都太不够了，也太容易被分数左右了。阅读，应该是一种坚定的生活信念，一种生活习惯。我们为什么要阅读？是因为人生那么漫长，难免遇到困苦、孤独、寂寞，我们希望有一种力量，带我们摆脱这些负面的情绪，让心灵获得安慰，让灵魂有栖息之地。当孩子独自面对这个世界，不再有父母的庇护时，他能在书籍中获得精神的力量。罗素说，人生的追求有三，其中之一便是对知识的追求。我深以为然。每当看到一本好书，读到一段深刻或优美的语言，我都深深地希望和我的学生们分享，希望他们也能获得这种精神的满足。

既然阅读这么好，那作为家长，该如何培养孩子建立起阅读习惯呢？

首先，自己要有良好的阅读习惯。我深信教育不是简单的说教，不是你给孩子一个要求，他就会像机器人那样去准确地完成的。教育是用自己的灵魂去影响另一个人的灵魂，你希望孩子成为怎样的人，首先你自己要成为那样的人。你希望孩子爱阅读，你自己首先要热爱书籍。很难想象一个终日迷恋网络、迷恋牌桌，从不看书的父亲，能培养出一个嗜书如命的孩子。对于大多数家庭来说，父母才是孩子的第一任老师，父母的一言一行，都是孩子无意识地学习和模仿的榜样。

我曾去一个学生家家访，进门后只看到餐桌上摆着几张报纸，除此以外，房间里没有一本书。孩子的父亲一直向我抱怨孩子如何如何地对读书没有兴趣，我提醒他，家里呈现出这样荒漠化的文化环境，孩子不喜欢阅读，这真是太正常了。

其次，要给孩子一个便于阅读的客观环境。在孩子刚开始接触阅读的幼年时段，要给他一个专门的书房。如果受条件限制，没有书房，就去买一个低矮的小书架，方便孩子拿到书。在孩子的活动范围内，多摆放一些书，给他营造便于阅读的环境。不要让阅读变成一件麻烦的事，而是要让它成为轻松的、容易操作的事。

再次，要舍得在经济和情感上花成本。毋庸置疑，现在的儿童图书确实不便宜，一本绘本就能卖到二十多块钱。我们可以在网店上买书，或者带孩子去图书馆借阅。也可以去一些童书机构租借图书，或者和孩子同学的家庭组建一个小小的图书流动站，努力开拓图书资源。

经济上的投入容易，情感的付出更需要家长耐心。在向孩子推荐一本书之前，家长自己首先要熟悉这本书。孩童是很敏感的群体，如果你没有读过这本书，你对它是陌生的，孩子是很容易嗅出这点的。只有你真心热爱并推荐的，孩子才能被感染到，继而有去阅读的强烈兴趣。

在读完以后，和孩子聊书也是很重要的。“你喜欢这个故事里的什么人？为什么？”“我找到了一句写得特别美的句子，读给你听好吗？”“如果你是故事里的 ×× 你会怎么做？”这些都是帮助孩子认真阅读书本，积极与人交流分享的好办法。

在这种聊天中，家长要懂得适时地装傻，用自己的不解来鼓励孩子的发言，并且给予积极的肯定和表扬。这些都能激发孩子的阅读兴趣，因为孩子是很需要大人的认可的。

良好的阅读习惯逐渐建立以后，就要给孩子们推荐好看的书了。经常有家长来咨询我，希望我能给孩子推荐一些适合目前年龄段阅读的书籍。其实我不太喜欢这样的推荐。虽然推荐本身是有作用的，但我更喜欢作为一个成年人，通过自身的阅读感受来筛选图书，推荐的书也未必要从儿童书籍中去挑选，只要是真诚的文字，都值得向孩子们推荐。

这又绕回到了前面，说这话的意思，再坦率点儿说，无非就是大人首先自己要有阅读的习惯，有广博的阅读积累，才能做好孩子的引路人。

很多家长大概会觉得，这难道不该是小学语文老师的事吗？为什么要选我来做引路人呢？

引路人是不嫌多的，一个引领者是很好，但如果能多一些引领者，让孩子看到更大的世界，不是更好吗？

在推荐书上，要注意男女有别，注意年龄特点。

对于前者，我想说，现在的校园教学，无论教材还是教学方法，都太偏向于女性了，教材里随处可见的是对亲情的赞美，对友谊的赞美，这些女性题材的课文，其实并不是很受男生欢迎。男生们更喜欢那些科幻的故事，或是充满力量的、悬疑的课外作品。这里，家长不要干涉太多，不能非要孩子看那些在大人看来“能使作文有进步”的名著，而把看漫画等书籍视为不务正业。一直以来，漫画都不受家长和老师待见，觉得太幼稚了。而有这样想法的老师，在我看来，也是思想僵化的表现，起码说明他没有去看过这些漫画。从男生喜欢的《乌龙院》，到黄玉郎的武打漫画，到女生喜欢的夏达漫画，可以说，其实孩子们喜欢是有原因的，或者因为画面都挺美的，或者因为故事很有趣。只要不是暴力、色情的危险漫画，大人就不要横加干涉，随他们自己去捣鼓。如果你希望孩子们看更好的作品，比如小说、散文、诗歌之类，这个想法是好的，但不要强加给他们，允许孩子慢慢长大，同时提供那些好的作品，让孩子们有更多选择，而不是强行否定，强迫接受。

给男生推荐的书籍，可以是动物系列，如《我所知道的野生动物》《西顿野生动物故事集》；也可以是幻想小说，如《女巫》《查理和巧克力工厂》《蓝熊船长的13条半命》等；还可以是冒险侦探小说，如《汤姆·索亚历险记》《格兰特船长的儿女》《神秘岛》，这些都很受学生欢迎。

注意年龄特点，是指家长要了解儿童在不同年龄段的心理特点，不要揠苗助长，不要让孩子因为阅读费劲、疲劳而放弃阅读，而是要根据孩子的年龄特点，选择适合他们读，他们也能读得懂的书。

很多家长喜欢在孩子阅读时布置一些读书作业，比如抄录好词好句或者写读后感。适当地提要求是可以的，但不要让孩子过多地做这些作业，否则会引起反感，挫伤阅读积极性。我在前文里也提到，孩子阅读后，家长要有互动，可以聊书，可以排小品，未必要用那些传统又辛苦的记录方式。

方法再多，最终重要的还是“坚持”二字。读书是件辛苦的事，家长的陪伴和鼓励也不容易，所以要想有一个爱读书的孩子，就从日常生活中做起吧，从做一个坚韧不拔的家长开始吧。

受伤之后，继续奔跑吧

在公园闲逛，看到一个小孩摔倒了，膝盖蹭破了一点儿皮，还好，摔得不重。

家长跑过来扶起他，很心疼，嘴上说的却是："你看你，乱跑！以后不要跑了，知道了吗！"

蹭开皮的伤口慢慢渗出了一点儿血，小孩很害怕，本来愣住的他开始哭起来。家长又强调了一遍："男子汉，不要哭！以后不许跑，记住！"

我在一旁默默地看着，听着，心里想着，这位家长不仅失去了一次很好的教育机会，还为孩子未来的成长埋下了隐患。

这孩子跑得并不快，也没和同伴有激烈的追逐，摔倒只是个小概率事件。其实，生活里出现这样的小概率事件也很正常。

家长该怎么做呢？首先应该抱抱孩子，擦掉眼泪，从情感上安抚他："你摔疼了吧？这一定挺疼的。"接纳、认可孩子的疼痛，会在很大程度上使孩子得到安慰，慢慢平静下来。允许孩子表达痛苦，允许他哭，尽情释放情绪，他才会慢慢不哭，哪有一下就不哭的？男子汉不许哭，这就是一顶不实用的道德高帽。

其次，要给孩子做伤口处理。膝盖上沾了土灰，尽管伤口不大，也应该进行清理、消毒。这也是一个很好的急救知识教育机会，让孩子通过大人的操作来知晓，下次遇到类似的事情该怎么办。大人应该镇定，有条有理地做事，一边做一边给孩子解释，告诉他不要让伤口感染，也可以让孩子一起操作，比如给自己贴上创口贴。

最后，想来说说家长给出的那条教育：“以后不要跑了！”——因为一次摔倒，以后就不要跑了，这合逻辑吗？而且，这具备可操作性吗？孩子以后就真的不跑了吗？你真的希望孩子从此再也不跑了吗？

遇到挫败就惧怕，就退缩，没有人愿意看到自己的孩子形成这样的性格。平日里，经常能看见大人批评孩子懦弱不勇敢，“你是男子汉，你怎么这么胆小？”却没想到，是自己无心的言行给孩子打下了烙印。

对孩子说什么建议要求，都要认真想一想，不要脱口而出。不合逻辑又无法执行的指令，不要说。我们要牢记自己家长的身份，大人在孩子面前意味着权威和服从，你的一言一行，对你来说也许是不假思索的，随口的，但对孩子来说，往往一句不经意的话，就会在心里烙下深印。

我们可以鼓励孩子在伤痛过去后继续奔跑，告诉他不要在意小小的伤痛，这些都是小插曲。毕竟，在风里自由奔跑的感觉，真的很好啊。

我们需要在孩子面前展现出完美的父母形象吗

小菜问我：“妈妈，你小时候干过傻事吗？”

我当然干过傻事，但有些犹豫要不要告诉她，因为实在不好意思说。说出来，会不会影响到我身为母亲的形象呢？

不过，我最终还是决定让我们的对话多一些坦诚和轻松。

“有啊，”我说，“小时候我不爱吃肥肉，偷偷把它们扔在床底下。后来，过了很久，被外婆发现了。”

小菜乐不可支：“妈妈，你太搞笑了！”

“这很搞笑吗？”我又说，“我干过的傻事可不少，还有一次，你外公单位发了牛奶，我很馋，但家里规定我一天只能喝一瓶，我就用针戳一个小洞，每个瓶子里偷偷喝一点儿。结果天气热，牛奶后来都馊了，我被外公骂了。”

小菜笑得在床上直打滚。

她又问我：“那你干过坏事吗？比如说，你偷过钱吗？”

问题的挑战性一个比一个大呀，我迟疑了一下，还是据实相告："偷过。大概小学二年级的时候，看到姑妈家的沙发上有五块钱，我没忍住，偷偷拿了。"

小菜吃惊地瞪大了眼睛："哦，天哪！那后来呢？"

"后来啊，我很害怕，哪敢花出去？揣在兜里就跟揣了一根刺似的，想起来就很惭愧，很难受的。后来再也没偷过钱，不敢了。你看，我一直到现在也没忘记这事。"我说，"其实，人心深处是有些兽性的东西，挺阴暗的，这应该也就是读书的意义，多读书，就更有能力管住心魔的冲动。即便在没人的时候，也要对自己的品行负责，这就是慎独。"

小菜说："对哟！"

把这些话告诉小孩，心里确实很纠结，怕小菜因此对我有不好的看法。但又想，我们需要在孩子面前展现出完美的父母形象吗？如果我们的形象不完美，在孩子面前说话、发指令，还有威信吗？他们会不会嫌弃我们呢？

但又想，懒惰、贪婪、自私、嫉妒等负面情绪，即便我们回避谈论，孩子在成长中也必然会面对。他们如何处理好这些情绪，从而更好地建设自己的人际交往和生活状态，父母给他们提供的样本和想法，其实就是帮助他们建立起观点的一部分。如果我们把道德的标杆立得很高，把自己塑造成一个道德完人的样子，随着孩子的长大，他们必然有一天会发现，其实自己的父母也不过是普通的凡人，他们会失望吗?

我们的道德教育，可以更诚恳、更开放一些吗?

要坦诚，但也不是毫无保留，全盘托出，分寸到底该如何拿捏?

这是我在内心一再问自己的话。

我没有一个十分确凿的答案，但有一点，我很肯定，那便是，在小孩面前不掩饰自己曾经犯过的错误，不执念于塑造一个完美的道德形象，不代表可以放任自己成为一个不自律、随意的父母。我们身为大人，依然应该牢记：教育首先是以身作则，身教重于言传；其次，要对孩子给予平等的对待，坦诚而有智慧地沟通。是父母，更是朋友。

我想，这就是最好的亲子状态了。

二胎家庭，不要让孩子带孩子

不少人听到我有两个孩子，并且是姐弟俩后，常常会说：“太好了，有儿有女，姐姐可以帮你带弟弟。”

我说：“不，带小孩是我们父母自己的事，姐姐不必帮我们带弟弟。”

姐姐有很多事情要忙，她要写作业、看书，还要出去玩。她有时也会跟弟弟玩，但那不是带小孩。有时我实在有事忙，请姐姐帮我照看一下弟弟，我都会征求她的意见。如果愿意帮忙，我都会谢谢她。如果她不愿意，也不勉强。

航航出生的时候，小菜七岁。七岁也是个小孩子，也需要大人照顾呀。怎么能让七岁的姐姐担负这么重大的责任呢？

生二胎前，全家进行过多次商量，对未来的抚育进行过分工安排。但谁也没想过，把姐姐也安排在里面。

也许以往是这样，姐姐带弟弟是一种约定俗成。但从来如此，就对吗？

我教过的班级里，有过好些这样的姐姐。父母把弟弟交给她带，压缩她的游戏和学习时间，小小年纪，俨然成了一个小妈妈。

这些女孩抗议过，但父母和亲戚们都说：“你是姐姐呀，带带弟弟妹妹怎么了？”仿佛一切就该如此。

惯性是一种强大的力量，它会剥夺我们的思考。但站在女孩的角度来想一想，一切本不该如此。姐姐应该和弟弟享有同样的权利，不必因为是女性，是年长几岁者，就背负更多。

对一个家庭来说，成员之间确实应该相互关爱，相互帮助，但这种互爱互助的起点应该是发自内心的爱，姐姐不应该过度承担，而且，并不是只有女性才能照顾他人。这一点，不仅指姐弟之间，也指夫妻之间。

生育是一件很重大的事，孩子的到来意味着你在经济、精力上的全面付出，成年人对此的抉择应当十分严肃郑重，要对自己的经济和精力做好充分的评估。再辛苦再难，养育也必须是父母自身的职责，责无旁贷。

每一代人都应该过得比上一代人好，曾经被漠视的女孩权利，就从家庭里首先获得尊重和保障吧。

为什么孩子不听你的话

做老师的，听到最多的，大概就是家长这句“老师，他不听我的，你多说说他吧”。其实吧，也真不全是家长推卸责任，是真说不动小孩。

可问题是，小孩终归是要毕业，要离开学校的，到那时，身为家长，他不听你的，怎么办呢？

当然，小孩会长大，成为青年。十八岁成年，有了自己的主张，不听家长的，也正常。人嘛，总要长大，按自己的理解去闯荡世界，不必事事听话。所以前文说的“不听话”，再确切些讲，家长的意思是“不认真写作业、赖着不起床、总是玩手机”这类。换句话说，就是家长的话在孩子面前没分量，各种教育措施传达不下去，更执行不了。

家长应该有自己的威严。威严不是强权，不是叫小孩惧怕，而是和孩子的有效沟通，孩子眼里有你，能听得进你的话。

那为什么很多家长没有这样的威严呢？要怎么做呢？

我总结了几个要点：

一、言而有信，言行一致。

有个妈妈来跟我投诉，说孩子太犟，叫他做啥他就偏不做啥。我单独跟小孩谈话询问。这是一个很有观察力也很爱思考的小孩，我对他印象蛮好的。他跟我说了一个原因，是妈妈说话不算数，答应带他去动物园，拖了一年都没去，每次都有不同的理由，天气不好或是手头忙，他为此十分失望，就用不听话来表达抗议。

曾子杀猪的故事，想必大家都听过。既然答应给孩子杀猪吃肉，就不能只是哄哄而已，曾子果真就把猪杀了。言必行，行必果，如果做不到，就不要说。遵守承诺的大人，才能获得孩童的尊敬，无论是家长还是老师。

二、以身作则，坚持不懈。

你能坚持叫孩子早起吗？能坚持带他亲子阅读吗？能坚持检查他的作业本吗？和他在一起的时候，能坚持全心全意，不玩手机吗？

以上数条，做到一次两次，坚持一周，都不难，难的是坚持到底。

就拿坚持检查作业本来说好了。学困生普遍存在的问题就是拖欠作业。老师反馈给家长，家长回家把小孩或打或骂一顿，结结实实教训一顿。开头几天能坚持翻看作业本，看看都做完了没有，字写得端不端正。但渐渐地，事情一忙，或是心里一烦，作业本就不再仔细翻了，而是问一句："做好了吗？"小孩回一句"好了呀"，便再也没有了下文，作业问题又恢复了原状。

这样几次三番以后，就算你再下决心想整顿小孩的作业，他还会把你的话当回事吗？因为小孩知道了，父母也就三分钟热度，说说罢了。

所以，要让孩子持之以恒，你就是最好的榜样。

三、不发脾气，好好讲理。

有些家长看似严厉，动辄一顿狂风暴雨，其实往往他愤怒的出发点不是孩子做错了什么，而是孩子的行为触犯到了他不喜欢也不认可的点上，他是拿自己的喜好来定夺孩子的对错。在孩子幼年的时候，这种严厉或许有用，但也埋下了"不讲理，只讲情绪"的根源。当孩子渐渐长大，开始有了和父母对抗的能力后，他也不会以讲理的姿态来面对彼此的认知差异。你让我往东，我偏偏往西，表现出叛逆的姿态。关系始终是大于教育的，孩子在情感上认可你，接纳你，才会有沟通和合作。用父母身份强权逼迫听话，总有一天会反弹。

而有些家长呢，又太爱讲理。我就见过好多次，小孩沉迷于玩手机，家长在边上不停讲理：“别玩啦，对眼睛不好！”“快去写作业，别玩了！”“老玩游戏真的不好啊！”——嘴上不停地说，行动上却毫无表示，任由孩子继续玩。所以呢，你说归你说，我玩归我玩，孩子自动屏蔽了家长的话。

怎么办呢？直接把手机收过来不就好了吗？“不可以再玩了”，这样一句话就够了呀。不用发火，不必斥责，心平气和地告诉他就可以了。

每一代人都会有属于自己的时代烙印，二十一世纪里成长起来的孩子不可能脱离手机的影响。家长要有契约精神，和孩子商议一个合理的手机使用时间，到了时间后，温和而坚决地执行就是最有效的方法。

有些家长会说：“我的小孩很不听话，到了时间也不交手机。”那根源往往就在最开始执行的时候，家长就没有言必行，行必果，让孩子有拖拖拉拉、讨价还价的余地，等到你想严格执行的时候，孩子已经不把原本应当郑重的约定当回事了。

四、平等沟通，有效执行。

孩子不听家长的话，那么，家长说的必然正确吗？是不是家长说的话，孩子必须得听呢？他能不能有自己的想法，提出一些不同意见呢？如果孩子对你提出异议，你能认真倾听，做出妥协吗？

前面说到，家长要有家长的威严，但并不是说，孩子要事事服从家长。我认为，家长引导协商、沟通，充分尊重孩子的意见，是非常重要的。你尊重孩子，孩子才会尊重你。一旦达成一致，就要不折不扣地执行。

当孩子不听话的时候，不要跟孩子发牢骚、诉苦，暴露自己软弱、茫然不知所措。在任何时候，都不要让自己的情绪失控。

我们教育界有一句广为人知的话：“教育就是一棵树摇动另一棵树，一朵云推动另一朵云，一个灵魂唤醒另一个灵魂。”如果你是一个勤奋、积极、自律的大人，你的孩子一定不会是一个懒散失控的小孩。

王老师说

做家长这事，不敢说是世界上最辛苦最艰难的事，但肯定是很辛苦很艰难的事。

从怀孕开始，到呱呱坠地，到牙牙学语，母亲为此付出的辛劳是难以形容的。身体上的劳累倒还在其次，当孩子上学以后，更大的挑战来了，那就是如何和孩子沟通。

沟通学习，沟通成长。你苦口婆心，孩子拒之千里，明明怀里曾抱的那个孩子温温软软，怎么长高长大后的他变得那么遥远而陌生。

虽然孩子一生下来，我们就被赋予了家长这个身份，但如何胜任这个身份，却要付出努力地学习。

世界上没有一种教育方法是可以照搬照抄，现成拿来就能用在自己孩子身上的，包括我在这一章节里写的这些内容。唯一的方法，就是不断阅读，不断思考，形成一套为自己孩子量身打造的教育体系。

你必须亲力亲为，一点儿懒都偷不得，因为你做的每一件事，就是孩子成长的一部分。

6 回忆点滴

那些光芒闪烁的日子

有时，学生们出去上体育课了，我独自在教室里坐着，发发呆，或是改改作业。秋风从敞开的窗子里吹进来，桌子上的书页哗啦啦地翻着，教室里空荡荡的，桌子椅子仿佛和我一起等着他们回来。

小宇同学在语文书上写了首诗《人的一生》："在妈妈肚子里的时光结束了，在幼儿园的时光结束了，在小学的时光结束了，在初中的时光结束了，在高中的时光结束了，在大学的时光结束了，夫妻的时光结束了，在人生的时光结束了，在火葬场的时光结束了，便开始了在骨灰盒里的生活。"我决定称呼他为"诗人宇"。

冬天的时候，很多学生嘴唇会裂，我就随身带个润唇膏。男生是被抓来涂的，扭捏着不肯。女生呢，是抢着来涂的。涂完后非常珍惜，到哪儿都噘着嘴，像朵喇叭花似的，噘着嘴聊天，噘着嘴写作业，有几个还会羞答答地蹭过来要求补个妆。

学生爱告状。"王老师，小真带了零食来教室！"我抬头看去，小真果然正一脸局促地往桌子里藏东西，告状者在我身边露出扬扬得意、幸灾乐祸之色。"带零食来学校吃是不对的。"我说，"你幸灾乐祸，也不好！"班里盛行告密风是很糟糕的事，最好的状态，是让他们逐渐学会自我管理，小问题就自己私下去沟通解决。

涛咪急匆匆地走进教室，科科举手告状："王老师，刚才她没喊报告就进来了！"我正埋头改作业，随口说了句："她是美女，美女可以有点儿小特权。"科科不服气地说："她才不是美女呢！”我看了看他们，涛咪害羞地低着头整理书本，装作没听见我们的对话。我说：“你可真没眼光！那你觉得自己是帅哥吗？”这回轮到科科害羞了，他低下脸去，笑：“我也不知道……”

瑶瑶是一个聪敏、骄傲又很有想法的女孩。她在日记里写道：“今天我做了一件惊心动魄的事。上午肚子饿了，我偷偷溜到食堂里偷菜吃，太好吃了！幸好没被人发现，不然就倒霉了。”我简直不能相信，这样一个清秀、干净、成绩优秀的小女孩，居然会去食堂偷老师的午饭吃，并且还把这个秘密写给我看，这份意外的信任，让我真想大笑三声——姑娘，你好有创意啊！我给她回复：“以后饿了可以来我办公室拿饼干吃，别再去偷菜了。”

班上的男生叫班长“妞妞”，我心想这个称呼也太宠溺了吧，哪儿像四年级男生的情商啊。后来才知道喊的是“扭扭”，谁敢惹她就会被扭肉，人称“扭扭功”，男生闻风丧胆。

我问十一岁的小烨：“听说你喜欢鲍鲍？”没想到他爽快磊落地答道：“是啊！”“那她喜欢你吗？”老师又问。他点头：“她也喜欢我啊，她跟我的好朋友说过，好朋友告诉我了。”“啊，那你们相互喜欢，怎么办呢？”“嗯，那她就可以打我。相互喜欢的话，男生就会让女生打。”他幸福地说。

学校附近的栀子花开了，香得我坐不住。中午叫过来一个女学生，鼓动她：“潇潇，去帮王老师折枝花来好吗？偷偷的啊，别让人看见了！”潇潇马上跑去帮我折了。现在，我用塑料杯装了点儿水，也插上了花，这个中午终于心满意足了。如果明天她再送个小玻璃瓶给我就更好了！

中午我在学校门口快餐店吃饭，碰到几个学生，其中一个五年级男生拿了盆西瓜请我吃。我拿了一块，说谢谢。过了一会儿，他又请邻桌的同学吃。同学警惕地问：“这西瓜有毒吗？”他说：“没有。”又问：“你吐过口水吗？”他摇头，说道：“王老师刚才吃过的。”于是几个男生蜂拥而上。

曾有段时间，隔壁班的语文老师不在，我要上两个班的课。中午在办公室改作业，有三个女生跑进来，说两个班的同学吵起来了，有几个男生还打了起来。我问他们为什么吵架，其中一个气愤地说：“因为我们班同学说了，二班把王老师抢走了。”

改学生作业，其中一题是“用‘如果……就……’关联词造句”，一个女生写道：“早上七点，爸爸就来叫我起床。我生气地说：‘女人（女孩）如果没有充足的睡眠，就会长难看的啦。’爸爸只好走了。”

改到一篇学生的作文，笑疯了。《一件难忘的事》：“我和妈妈去游乐场玩，一位母亲和女儿坐在旋转木马上高兴地玩着。母亲向女儿笑着招手，这时悲剧发生了，她从上面摔下来了，满头都是血。她对女儿说：‘是我自己不小心，不能牵扯无辜的人。’她把兜里的钱掏出来说：‘孩子，这是全部的财产。’说完闭上了眼睛。”

站在校门口组织学生放学，一个男生走过来对我说：“王老师，你今天很漂亮！”我诧异地瞪着这个三年级的小孩，想笑，却不由自主地冒了一句：“要死咧，这么跟老师说话！”他很快消失在了庞大的学生队伍里，我很后悔，我应该对他说“谢谢”的。

语文课上学《黄鹤楼送孟浩然之广陵》，请学生解释一下题目的意思。科科站起来，大声说：“把孟浩然送到坟里去！”全班大笑。问他为何作此解。他昂然答道：“王老师，你前几天上课时不是说十三陵的陵就是坟墓的意思吗？”

一道语文题：“阅读短文后，你有什么不明白的问题吗？写在下面的横线上。”涛咪写上来的答案就一个字：“无。”我批曰：“够实诚！”两个月后开家长会，这个孩子的妈妈特地留下来向我表示感谢，说谢谢允许小孩诚实地回答问题。哈哈。

早上到办公室，桌上有孩子悄悄送来的一个苹果，一本佛经，一张裁成五角星的字条，上书：“王老师，我和爸爸去寺院玩，一个和尚给了我一本书和一个苹果。你说，好吃的东西要给师长吃，所以我把这个苹果送给你！”我很感动，同时我又疑惑，我真的“教唆”过小朋友要把好吃的先拿来给师长吃吗？

“她是个善解人意的老师。思想品德课上，我讲起了我的好朋友苗苗，在同学们面前哭了，大家都笑话我。王老师说：‘会哭的人，是一个懂感情的人。’从那以后，大家就对我刮目相看。以前，我在班上很胆小，从那以后我就胆子大了，敢举手了。”王老师改得很想哭，知道吗？

上午语文课时，学生在下面安静地写着作文。小男生跑上来，凑到我耳边，小声说想上厕所。我说你下课时干吗不去，他红着脸不说话。我说好吧，你下课后来给我唱个歌，就让你去。他的脸更红了，逃下台去：“那我还是不上厕所了……”难道唱歌比憋尿还可怕吗？

做老师的应该谨言慎行，这话真没错。有天边接电话边上了辆出租车，坐下后还对着电话恶狠狠地说了句“放屁”。挂了电话以后，司机默默地开出一段路，跟我打招呼：“王老师，你好！我是你们班陈小明的爸爸。”

小范范中午书法课没带字帖，被我要求放学留下，找别人借来字帖，补写两页。放学时，她局促不安地来办公室找我，吭哧了半天，挤出一句：“我可以不留下来吗？”胆子很大嘛，我有些意外，问为什么。她沉默一会儿，说：“因为今天是我生日，想早点儿回去看礼物。”好吧，我无法不被这个理由打动。

有一天去上课，觉得穿着高跟鞋站讲台太累了，就脱了鞋光着脚上台讲课。学生在台下哇哇叫，大概是觉得我很酷吧？哈。我对他们说，台湾有个女作家叫三毛，她在书里写小时候最向往的是老师的玻璃丝袜和高跟鞋，但我要说，其实真的长大了，穿了高跟鞋，就会怀念做小孩的时候。

小朱很傻很天真，真的。侃侃和小简骗他去喝花蕊里的水，说那是神水，功效非凡。他真去喝了，喝到一只苍蝇。我好同情他。

作文课上，小豪同学举手：“王老师，我没感觉，写不出来。”我点头：“好吧，你去操场走走，找下灵感。”他高高兴兴地下楼去了。然后，整整大半节课过去了，他还没回来。我不得不派学生下楼去，把他喊回来。“灵感有了吗？”或许他早玩得忘了，呵呵。

小宇写字潦草，组长批改默写时看不清，给他打了几个叉，他居然去打人家。被我叫来批评了几句，他倔强地梗着脖子，不说话。自修课上，我改作业，他偷偷在座位上用橡皮扔我，正好扔在我头上，还对我翻白眼。简直太幼稚了！

科学老师布置了一项作业，要学生带一块发霉长毛的面包或馒头来课堂研究。科科看起来很沮丧，他的面包已经在家里整整藏了三个星期，一点儿白毛都没长出来，还是那么健康完美。“哼！老板一定放了很多防腐剂！”他愤愤地对我说。

四年前调动，临走时，一年级的浩浩送了罐口香糖给我，难过地说：“王老师，你想我的时候就吃颗糖吧。”四年后的某天在街上遇到他，他已经长成个半大小伙子了，我高兴地向他打招呼，他茫然地看着我。“我是王老师呀！”我说。他还是摇摇头。他已经忘记我了。多情的人注定伤得比较久。

考试卷上有一道填空题：湖水深得（　　）。有个学生写道：湖水深得（像夏天的夜晚）。很美，也很独特，是吧？我在办公室里回味了好久。

湘湘是这样写理想的：“我的理想是将来嫁个好老公，生个聪明听话的小孩，我每天为他们做很好吃的菜。不过我现在得好好读书，这样将来就能有一份比较好的工作，然后，才能嫁到好老公。”

知道小胖妞之间是怎么表达友谊的吗？潇潇是这样写的：“体检时，周周踩了我一脚，我疼得叫起来。她连忙向我道歉，并把她的体检表给我看。我一看，哈哈，她比我还胖六斤！我向她保证会保密的。”

去五年级监考语文，作文题目是《我战胜了（　）》。一个小胖子写道，《我战胜了美食》：当我迈进肯德基的时候，闻到那喷香的鸡腿的味道，不禁口水直流。这时，我的耳边仿佛响起了别人叫我“胖子”的声音，我咽着口水，狠狠心，回家啃苹果去了！——可怜的小胖子，老师同情你。

可可在午饭后飞快地跑到办公室来问我：“王老师，你什么时候过生日啊？”得知是十二月后，她略有失望，但马上又兴致勃勃地问我：“我提前给你过生日好吗？我可以给你唱生日歌吗？”我说：“好啊。”她就在一旁手舞足蹈地唱起来：“祝你生日快乐，祝你蛋糕发霉，祝你出门见鬼……”——这算爱我的表现吗？

小羽同学入学的第一天就不见了，上课铃声响了很久，他的座位上还是没有人。我只好到处去找他。最后在男厕所里找到了，他正蹲在那里。看到我来，他仰起头可怜巴巴地对我说：“老师……我不会擦屁股……”我哭笑不得：“如果老师不来，你打算就这么一直蹲下去吗？”他含泪点点头。

学生用成语造句：我考试没考好，被妈妈打得披头散发。

早上在教室里改作业时，刘海老是挡着眼睛，可可自告奋勇地把她头上的发夹借给了我。她的刘海也长，我就说算了，她一定叫我收下，说自己能想出办法来的。下课后，她兴冲冲地跑来，晃着脑袋显摆：“王老师，你看我头上！”我一看，她的刘海上夹了个钢笔帽。小孩子真是太有创意了！

几个男生结伴潜入小区偷人家牛奶喝，被送奶工写信告到学校来。馋猫很快被查到了，垂头丧气地被叫到办公室挨批评，班主任还把这事告诉了家长，看来回家还得有场暴风雨。“不过，这也会是他们长大后回想起来觉得有趣的事。”我远远地看着他们，跟校长说。校长点头说是。

我苦于学生总嚷嚷着作文无话可说，遂请教老欧。欧老师给我出个主意：让学生放学去花十块钱，回头写作文“花十元记”。我去布置作业时，把十元改成了五元，怕家长嫌钱多有意见。课上一汇报，竟有半数学生去买了肉包子吃。怎么花钱都这么没创意？我说，我会花两块钱去买张彩票试试。台下一片大叫。

女学生气愤地来告状：科科在我们面前脱衣服脱裤子，说要表演肚皮舞！我叫科科过来站好，女生们排好队，一人刮一下他的鼻子，再跟他说一句话，教育他。女生们嘻嘻哈哈地过来排好队，第一个女生刮一下他的脸，说：“难为情！”第二个女生说：“大色狼，不害臊！”十来个女生刮完了，科科红着脸抿着嘴，笑着跑开了。

某幼稚男给某成熟女写情书，信上七个字:1314520。适逢该幼稚男换牙，该男为表诚意，在信上盖了七个带血的牙印。这场血腥的浪漫最后以女生拒绝结束。不过学生告诉我这个情报时，我很不严肃地大笑起来。

男生吵架打架很常见，也很正常。不要用师道权威去压制，各打五十大板其实也不见得公平。要耐心听，一个表达时，另一个不能打断，允许尽情表达，同时提醒他要客观描述。太激动的话，让他们先去洗个脸，或者去操场散下心，请他们平静下来后再来处理；可叫好朋友陪同。往往回来时就已经气消大半了。

几个女生簇拥着晓晓，风风火火地挤进我的办公室："老师，她肚子疼！""哦，那你想上厕所吗？"我问。她愁眉苦脸地摇摇头。"打电话叫你妈来接你，去医院好吗？"她还是摇头。我叹了口气："那……吃颗杨梅好吧？"她带着哭腔说："好的。"吃完杨梅，坐了会儿，说肚子不疼了，高兴地跟我说拜拜。

小豪同学刚上四年级时的周记《窗边的那一刻》："夜深人静时，我在窗边望着远方，那一栋栋成排的房子，一辆辆行驶的汽车，还有这儿一丛那儿一簇的花草。我好像在诉说，它们仿佛在倾听，我们用一个眼神或者风吹过它们时发出的声音沟通着。它们都在鼓励我，我相信。窗边的那一刻，我忧郁了……"

放暑假快有一个月了，想念小朋友们。前几天，我请几个女孩子喝了回下午茶。几个女生叽叽喳喳地讨论着下午茶茶点，可可害羞地悄悄问我：“王老师，我可以吃一块提拉米苏吗？”我问她为什么点这个。她说，放假后看了本小说，里面说，提拉米苏就是“记得我，带我走”的意思，好想吃吃看——唉，小女文青啊。

科科是个捣蛋鬼。上《牧场之国》这一课：“成千上万的小鸡，成群结队的长毛山羊，在见不到一个人影的绿草地上，安闲地欣赏着这属于它们自己的王国。”学生纷纷发言谈理解：属于自己的王国，就是想散步就散步，想睡觉就睡觉。科科在台下怪笑一声，大声道：“想大便就大便！”学生顿时笑作一团。

我们学校的门卫是一对年近六十的老夫妻，听说老爷子以前还当过村支书，是个耿直爽快的老头儿。寒假值班时，我看到老爷子在值班记录本上写道：“一天又过去了，冷冷清清的，没人来。刚才看了会儿晚霞，很美。”很诗意是不是？诗兴是要传染的，于是我也在自己当天的值班记录上洋洋洒洒写了一番。

中午被几个二年级的学生请去做法官，到教室一看，两个男生倒在地上，一个揪着另一个的耳朵，另一个抱着对方的腿，气得面红耳赤。我花了半小时来审案子，原来教室里飞进了一只小虫，一个关窗去夹，想夹死它，另一个认为这是好虫子，不该夹死，就打起来了。虫子再小也要分好坏，小孩的世界里没有小事。

苍蝇先用嘴巴把手臂上的脏东西吸干净，再吐出口水均匀地抹在手臂上（很恶心吧？），再搓一下，然后搓头，顺序是搓两次手臂然后搓一次头，之后苍蝇再把手臂上的脏东西洗干净，最后吐点儿口水搓搓两只脚，用嘴洗净，就大功告成啦！——可可的作文片段《苍蝇洗澡》。她得看多久多仔细才能写这么具体啊？

语文练习里有一填空题：一本我喜爱的书就像（　　）。科科的答案是：一桶总也喝不完的可乐。他的解释是：他最喜欢喝可乐，一杯显得太少，得用一桶来比喻才过瘾。瑶瑶的答案是：一个漩涡。她的解释是：看到喜欢的书就放不下来，就好像被漩涡吸进去了。这两个比喻，我都很喜欢，哈哈。

诗人宇昨天被隔壁班的小胖子刘睿给揍了一顿，起因是诗人宇路过他们班的教室时，看到刘睿和王涵正在打架，他就在窗口叫道：“请上帝赐给王涵力量吧，让他打败刘睿！”本来就很恼火的刘睿一听这话更生气了，追出来把他打了。诗人宇哭了。

学生用“不得不”造句：小店里的文具都卖光了，我不得不买吃的了。

刚做老师时常管不好纪律，搭班老师一进来就鸦雀无声，我很羡慕，她得意地说：“做老师的，眼神里要有杀气！”可我怎么也学不会，连生气都那么不彻底。直到有一天，有个男生犯了错，我平静而沉默地看着他，他的心理防线崩溃了，抽抽搭搭地哭起来。我恍然大悟，杀气不是怒气，而是一种靠岁月累积起来的气场。

学生是不可以带零食来学校的。可是有一天，我叫可可到我办公室里来找东西，她在我的柜子里发现了好多零食，有巧克力，有鸡翅，还有瓜子，她就问我：“王老师，为什么你有这么多好吃的？”我只好用零食收买她，叫她给我保密。

说到写作意义，浩楠在周记里写自己的伤口结痂后如何小心地挖掉，挖出血后又如何后悔，心理描写细腻具体，我边看边笑。他平时总是三言两语打发我，难得这样认真。不是所有文章都要有高大的意义，小文自娱挺好，杨凝式还写过《韭花帖》呢，写那盘菜有多么多么好吃。能把味道写得传神也是种写作功力。

昨天思想品德课的主题是校园生活，其中谈到让自己印象最深的事。小原站起来说："二年级时，我第一次和好朋友启明打架。之所以记得，是因为不久他就转学走了，我非常后悔……"没说完，他就一屁股坐下，把脸埋进了胳膊里。旁边的学生叫起来："老师，他哭了！"我说那就让他一个人哭会儿吧，别去打扰他。

这学期我在班里设了个班级日记本，每个人轮流写一天，记录班里发生的各种鸡毛蒜皮的事。轮到的人当天晚上把本子带回家写，平时就放在教室后面的书架上任人翻阅。今天批改周记时，天伦写道："我们都很喜欢班级日记本，但老师不来看就更好了。"啊？把我排除在人民队伍之外，我表示很伤心！

念一年级的时候，有一天诗人宇自告奋勇地要上台给大家讲一个他创编的故事。他说的是章鱼男孩在上学路上遇到章鱼女孩的事。"然后，他们开始握手，他们握了一次又一次，一次又一次，握到上学快迟到了也没握完，"他说，"因为他们是章鱼啊，哈哈哈。"说完，他自己在台上大笑了起来。

活动课时学生来邀请我一起跳长绳，我穿着高跟鞋，没法儿跳，高个子女生自告奋勇把她的运动鞋脱下跟我换。于是，我穿着略小的粉红色运动鞋和他们一起跳长绳。高个子女生穿着我的高跟鞋坐在旁边得意扬扬、兴高采烈地看着喊加油，别人摸一下都不行，因为，这是伟大的王老师的鞋子。

这节思想品德课的主题是讲诚信，我语重心长地对学生们说："同学们呀，要做个有诚信的人，在承诺之前就要好好想想，如果做不到，就不要急于承诺。"潇潇站起来，说："王老师，那你前段时间说要在教室里设一个悄悄话信箱，让我们给你写信，信箱还没买来呢！"好窘，我只好狼狈地说："下周一啦，一定！"

下课时，科科神秘地冲琪琪笑着，说："我发现有个成语很适合你！"琪琪用她一贯的大嗓门问道："是什么？快说！"科科笑嘻嘻地说："泼妇盛名（颇负盛名）！"说完转身就逃。

前几日，诗人宇跟我吵了一架，起因是我走到四楼教室门口时，正好看到他把一个空可乐瓶扔下楼去。我叫他去捡回来，他不肯，说是在做实验，他把一只虫子放在那瓶里，看扔下去的时候，虫子能否成功逃生。我说那你就去捡回来看看实验结果。他气呼呼地不肯，还跟我吵，不过最后他还是屈服了。

破坏真的能给人带来特别的快意吧？有一次，我在校外小店买东西，看到一个女生大摇大摆地把易拉罐扔在地上，发出好大的声响。她和女伴说笑着，抬头看到我正惊讶地看着她，她脸一红，赶快捡了起来。这个女生平日里是非常乖巧的小孩，若非亲眼所见，我不能把她和这样粗鲁的行为联系在一起。

学写人物作文的时候，我对学生说：“要写出真实的人物形象，写实话，不要总把人写成美少女战士。”作文交上来了，潇潇写的是我：“王老师有一张大大的脸，嘴巴也是大大的，鼻子扁扁的，有时还会长几颗小痘痘。”作文点评的时候，我忍着伤心夸她写得够真实，她笑眯眯的，很开心。

考试结束后，小朱在班级信箱里给我放了张字条，说自己觉得作文写得不太好，字数也不够，希望我能给他个机会，从宽评分，别扣太多。我匆匆看完后居然就给忘了，批改时扣了不少分。试卷发下后，他没说什么，我也没在意，直到刚才突然想起。小朱是个腼腆的孩子，给我写这张字条一定费了他很大勇气，唉。

中午吃饭时，坐在我旁边的潇潇忍了又忍，终于忍无可忍，对我说道：“王老师，我想吃你的大排！”我不忍拒绝，只好恋恋不舍地让给了她。

今天中午书法课，全班就小浩没带毛笔。等妈妈送来毛笔的时候，这堂课已经快结束了。他很生气，也没起身，就侧过头飞快地说了声：“不要了！你拿回去好了！”妈妈尴尬地转身走开。我把他叫出教室，让他向母亲鞠躬道歉。我告诉他，带好学习工具是自己的事，不是妈妈的义务，你应该对妈妈说“谢谢，辛苦了”。

一年级的学生告诉我记住“鼠”字的办法：上面那个“白”字开着一个小小的门（王老师说，那是“臼”字啊，小朋友），表示是老鼠洞，下面有两条小路，路上跑着四只小老鼠，它们要逃回洞里去。

小朋友兴冲冲地跑进办公室，啪的一声，把一张湿漉漉的饭卡放在我桌上，大声说：“老师，这是我在厕所里捡的！差点儿给冲下去了，我还洗过了呢！”说完，露出得意的神情来——我的办公桌啊！

五年级的男生真的很幼稚。思想品德课上说安全问题，我说请大家不要脱手骑车，不然会摔倒，小智马上在座位做出摔倒的样子。我说大家独自在家不要贸然给陌生人开门，小心被抢劫，他又马上配合我做出刀抹脖子被人砍倒的样子，瞪着眼睛吐着舌头。我忍无可忍，对他说：“你不要再表演啦，好傻！”

小袁的笔袋找不到了，到处翻。我查出是被小浩拿走的。原因是中午小浩想走后门进教室，小袁把后门关起来了，两个人还争执了几句，小浩为了报复小袁，就偷偷把他的笔袋藏到了垃圾桶边——害我花了半个中午的时间来破案，气死我了！五年级的男生，个子都快赶上我了，还是如此幼稚。

“兔子般的大牙，老虎般的性格，非常怪诞的赏罚制度，她是谁呢？她就是吾之母。古人云，吾生也有涯，而知也无涯。意思是说：我的生命是有限的，但要学的是无限的。我妈就是这样做的，让我生也有涯，然后往死里学。”——节选自诗人宇的考场作文《我的妈妈》。

上安全课的时候，我为了教育他们骑车时要当心，就举例说道：“比如我吧，有一次骑车到东门口，突然手机响了，我一时想偷懒，就一手扶车把一手掏手机，结果在大街上摔了个四脚朝天，所以大家一定不要抱侥幸心理。”学生们哈哈大笑，纷纷叫道：“再讲一个！再讲一个！”真是！他们有没有同情心啊？

前几天，听到两个一年级小男生的聊天：“好吃吗？”“嗯，还好，有点儿咸……”——好吧，他们讨论的是鼻屎。

曾带过一个班，他们刚上一年级的时候，识字卡片没有及时送到，所以有一段时间，我自己裁纸，然后用毛笔写识字卡。课堂上，如果学生记得快，读得好，我就把卡片分发给他们，当作奖品。他们上三年级时，有一次我去家访，发现孩子的卧室墙上端端正正地贴着我当年送给他的那个“荷”字。我顿时好想哭。

两年前的冬天，我曾带学生去操场上过一次语文课。想象中是晒着太阳，其乐融融，实际上吹着北风，冻得直流鼻涕。操场又空旷，我不得不扯着嗓门上课，学生也坐不住，这边开小差，那边交头接耳，我发誓再也不异想天开了。前几天毛毛来问我，啥时能再去操场上课，他觉得太有趣了。小孩跟大人的视角真的不一样。

刚才看到科科打了个大喷嚏，喷出条鼻涕来。他愣了一下，然后把脖子往前一伸，又用力地吸了回去。唉，他可真懒！

中午在快餐店吃饭，潇潇对我说：“王老师，你以后别点这个芋艿吃了。”我不以为意地笑笑。她认真地说：“这个快餐店的蔬菜都是从隔壁菜场送来的，我爸爸就在里面卖菜。

他们用漂白粉洗芋艿，也洗藕，这样会显得很白，我亲眼看到的。但我爸爸不用漂白粉，所以我认为他是个诚信的人。”她露出自豪的表情来。

上课时用眼神无声地警告小孩，是件容易让自己笑场的事。看到小浩用语文书遮着脸，微微侧过头去，小声跟天伦说话。天伦趴在桌上，眉开眼笑地用口型回应着他。我默默地看着他们。天伦很快觉察到了，他脸上的笑容僵住了，迅速地绷起了脸，还用眼神警告小浩：“老师看你啦！”我的鼻子已喷出笑气，强忍住。

潇潇告诉我一个班级新闻：老师不在的时候，小源、天伦和科科三个男生在教室里相互扔粉笔头。老师回来后非常生气，责问是谁带头干的。小源主动承担了所有责任，被罚放学后一个人打扫教室。潇潇说她认为小源这样做真的很有风度。听说天伦和科科放学后也留下来，陪小源一起做值日了。我看到了三个正在成长的小男人。

明天要举行文体艺术节了，我要找主持人。因为懒得上楼去，就直接抓个小男生：“帮我把 603 班的陈添一叫来，快去快去！”小男生嗖地跑出老远，又转头跑回来：“他叫什么名字啊？”唉，记性真不好。“陈添一啦！”我大声说。他一边嘴里不停地背着“陈添一、陈添一、陈添一……”，一边飞快地跑走了。到了三楼别背错啊！

科科说这篇写人的文章很难，我就循循教导他：“你对老师的总体感觉怎么样啊？”科科说：“你有时很凶。”我说：“那我凶的时候，眼神怎么样？嗓音怎么样？脸色呢？你好好想想，描述给我听。”他想了想，说：“你发火的时候，眼睛里好像喷火，脸涨得红红的，嘴巴会翘起来，嗓门很大，声音……就像刀划过来一样。”

试卷上有一道仿写题：“老师，我们原想收获一缕春风，你却给了我们整个春天；我们（　）。”科科接下去写的是：“我们原想吃碗饭，你却给我们做了一桌满汉全席。”——我真是被他打败了。

小智同学在考卷上写的比喻句：“天下着大雨币，像自来水开到最大，像有人从天上泼水下来，像巨人在撒尿。”

刚才下班路过小强家的烧鸭面店，看到小荣的背影。我以为自己看错了，怎么五点多了还没回家？又收回脚一看，真的是他，正和小强一起坐在店里写作业。我走进去：“你怎么还不回家！”“惨了惨了。”我听到小荣的低呼，他慌忙收拾好书包逃走了，走时倒没忘了跟我说：“老师再见！”

潇潇很爱吃，我半开玩笑半当真地说，如果期末考试成绩很棒，就请她吃自助餐，以示庆祝。她听罢两眼放光，叫道：“真的吗？”过了几天，她告诉我，她正拼命复习着呢。我说同学们知道吗，他们怎么说啊？我以为她会说同学们可羡慕忌妒呢，没想到她告诉我，同学们对她说：“加油，争取吃自助餐！”唉，我为自己的那点儿小心眼儿感到好惭愧。

小孩是这个世界上最坦诚、最真诚的人。下雨天，我跑到楼下去收国旗，懒得打伞，只想速速了事。在走廊里跳皮筋的女孩子们看到了，吃惊又心痛地一起朝我大喊：“王老师！你都淋湿啦！”一副恨不得冲进雨里赶快来替我撑开伞的样子。

小朱在作业本上用“无不”一词造句：“每当老师生病时，同学们无不想着：是不是不用上课了呢？”——唉唉，为什么不是“无不盼望老师的身体快快好起来”呢？

读到二年级时，班里学生纷纷开始换牙。小彤写她去拔牙的经历：“现在，我的门牙没有了，吃东西的时候很麻烦，要用旁边的牙去咬。”我看完她的周记后乐了，给她写批语：“笑曰狗窦大开。”她拿着本子来虔诚地问我：“老师，这什么意思啊？”我说你自己查去。她果真去查了，第二天气呼呼地来抗议：“好啊，你取笑我！”

语文课的时候，全班齐读课文，科科忍不住打了个喷嚏，喷出好些鼻涕来。他悄悄地一把攥在手心里，不动声色地往桌子下一抹。书声照旧，他以为谁也没注意到他的小动作，然而这一切却被本老师尽收眼底。唉，他到底抹裤子上，还是桌肚下了呢？有点儿好奇。

跟学生边吃饭边聊天，听他们说八卦是蛮开心，但最大的问题是我因此得把饭全部吃完。我不能给他们留下“老师浪费粮食”的坏印象。所以我每天中午都吃得很撑。我的胖是一种职业牺牲。

早上要换课，懒得上楼，随手拉了个小男生：“跟石老师说，501 班第二节语文课跟明天第三节电脑课换一下，记住了吗？背一遍我听听。”“哦，502 班的语文课换电脑课。”“喂，你自己是 502 班的学生，可我让你说的是 501 班的课啊！”“嗯，501 班的电脑课换语文……”“算了，还是我自己去说吧。”我认输了。

一年级时，教室在一楼，对着大操场。夏天下午常有场雷雨，我就跟他们一起到走廊上看下雨。我说雷雨有种特别的气味，他们就果真伸着脖子去闻。“老师，有股牛粪的味道！”“老师，是中药的味道！”难道不是“潮湿的空气里混杂着泥土的芬芳，还有青草的味，小花的香，都微微酝酿在了一起”吗？

下午改作业，其中有一题是用“也许”造句。小马写的句子是：“叔叔过了三十岁还没找到女朋友，这也许就是命吧。”

几年前教过一个顽皮的女孩。有一天，突然有人来敲我家的门，打开门，是那个女孩和她的父亲，女孩局促地说了句“老师这个送给你”就匆匆走了，连门都没进。我一看，是一箱牛奶、一双毛绒小狗拖鞋和一个盒子，打开后发现是条塑料的项链。第二天问了那女孩，她很害羞地说这是她最喜欢的项链，所以送给我。

昨天下午在种树，学生们挖好坑放好树填上土，就差去提水了。小朱作为组内唯一的男壮力，虽然是班里有名的幼稚男，但也当仁不让。水龙头离得挺远，他灵机一动，说：“哎，撒泡尿好了！”我慢条斯理地说：“那我就把你拍下来，放学校网站上去。”在女生们的哄笑声里，他羞得拎起水桶就跑，跑得比兔子还快。

早上巡视做操情况，我们班的几个男生有气无力地比画着。“看看小马，人家打得多有力，多有精神，那才叫拳头！你们呢？”我批评他们。“馒头。”有人轻声回答道。

按说我不是凶横的老师，可学生还是畏之如老鼠见猫。回想起来蛮好笑的场景是：中午，在小区，本来结伴而行有说有笑的学生，一见我走来，倏地收了笑容，迅速把饮料瓶藏到身后，紧张地向我打招呼，或是赶紧猫到路边停靠的车后，或是闪到树后面，还有躲进小区厕所的。我尽收眼底，还得若无其事地装作不知。

门口快餐店来告状，说学生把酱油、米醋、味精、糖搅拌在一起胡闹，倒在杯子里就跑了。查不出是谁，我只好在全校大会上教育了一下。没想到作文课写童年趣事时，小智主动承认是他伙同几个男生用此方法制作特殊饮料，灌进冰红茶瓶里去骗同学喝。“老师，请你不要生气。”他说。我忍不住笑了起来。

八年前教过一个学生叫小林。父母离异，他跟妈妈租住在临时房。家访时，妈妈抱歉地请我晚点儿去。她开了个按摩兼洗脚店，店里就她一个人忙。这么些年没见，前几天路过家推拿店，发现招牌是他妈妈的名字，还贴着照片，门面还挺好看，看来现在过得好多了。想推门进去打个招呼，却又迟疑，怕她已经不记得我了。

一年级的作业本里有一道填空题：母鸡准备（　　）。有个学生写的是：母鸡准备下鸭蛋了。

今天我在讲台边改作业，小马来问我："老师，蜡烛有多长？"他伸出两只手比画了一下："这么长，有吗？"我看了看，说："有的。""谢谢！"然后，他就把两只手保持着这样的姿态，比画着一直举回座位，对同桌女生高兴地说："看吧，这么长！我说得没错吧？"原来是在讨论数学题。他的治学态度好严谨啊。

中午发现有个三年级的男生，鬼鬼祟祟地在校门口的草丛里藏着什么，我叫他拿来给我看看。原来是几把精致的塑料小武器。他的脸涨得通红："学校里不让玩，回家妈妈也不让我玩，我只好藏在这里，上学或放学的时候来玩一下。"做男生真不容易啊。我同意他把武器放在我办公室窗下，离门很近，想玩了可以来玩一下。

昨天，潇潇对我说："王老师，我发现你很爱穿高跟鞋。"我边改作业边"嗯"了一声。她说："你这两天一直穿这双黑色的高跟凉鞋。我还发现你的脚后跟脱皮了。”“你上个礼拜还在脚后跟上贴了创可贴。”她又说。“啊，拜托你不要这么关注我好不好！”我终于忍不住了。

让学生仿写一段话，题目是《我思念的×××》。科科写的是《我思念的启明》：“启明你在哪儿？我以前借给你一块钱，你还没还我呢。”启明是一个二年级时转学走的男生，科科当年的好朋友。

我挑了华华做运动会播音员，她发来短信问能不能穿裙子。本想说天热了，穿裙子很正常啊，突然想起女生当中大概还是流行我小时候那一套，每年夏天第一个穿裙子总要用很大的勇气，得和同学约好一起穿。今天去女生那里一打听，果真如此。去年班里第一个穿裙子的女生是小蔚，她们到现在还记着呢。

今天学校举行运动会，我和另外二个孩子负责播音工作。“砰的一声”“离弦的箭”“友谊第一，比赛第二”，翻来覆去地就是念这几句，砰砰砰，我的耳朵都快听出幻觉了。这几个运动会稿件词句，算是历代学生的非物质文化遗产了吧？

早上巡视各班，有个小男生不读书，趴在窗口张望，一见我走过去，就赶紧招呼同学们：“王老师来啦！”我说：“不读书，趴在那儿干吗？你属猴的吗？”他应声答：“我是属猴的呀。”简直放肆！“你还真当自己是猴子啊！”我生气地说。他低下头，吸着鼻涕嘟囔：“老师，我真的属猴啊……”

中午毛笔书法课，学生们静静地练字。我在教室里溜达了一圈，挑了几张写得漂亮的作品，想给学生们点评下。那女生的书法纸被我拿走时一惊，欲言又止，我没在意，把作品在讲台上一展，学生爆发出哄堂大笑。我一看，一共四行字，第一行端端正正地写着：“你他妈的。”我也忍不住笑了：“这位同学内心狂野啊。”

课代表来报告，科科和诗人宇又没交作业。头痛！我说，去把他们给我叫来。过了一会儿，我去教室拿试卷，看到教室的黑板上写着：“科科、小宇，王老师请你们去办公室喝茶！”

中午去买水，吃力地拎回学校。半路碰到小袁和小朱，这两个平日内向寡言的男生主动打招呼：“老师，我帮你拿吧。”一人提水，一人拿包，走在前面。我看着他们的背影，想起一年级做值日时得我帮他们去提水，他们当时那么稚嫩，那么柔弱，而今天才发现，阳光下，穿着短袖的他们，胳膊上已经有年轻的肌肉了。

因为海南校长这事，我在思想品德课上又上了一次青春期教育专题。一个男生悄悄在字条上问我："我长了两三根白头发，算发育了吗？"真是个傻小子。

小枫是这个班里最沉默内向的女孩，每次被我叫来，都是手足无措的样子。前天她没交书法作业，我问她为什么不写。她紧张不安又老老实实地说："懒得写。"班里举行双胞胎日，学生们都兴高采烈地找伙伴商量怎么打扮，她说她不参加。"我小时候很爱跟别人学穿衣服，幼儿园大班以后就不了，觉得没个性。"她说。

开跳蚤市场那天，不停有学生来找我说丢了钱，也不停有学生捡到钱来交给我，我就在台上拿着话筒不停播报着找钱和认钱的消息。台下有个女生走过来，冷不丁问我："老师，要是钱没人领，怎么办？"好尖锐的问题！我下意识地答道："算公共基金，交给财务老师，以后搞活动时用。"她"哦"了一声，满意地离去。

为了新课，昨天备课做课件到十点多，早上还修改了一下。第一节课就是我的课，本老师踌躇满志地带上U盘去教室，打开电脑后发现死活找不到课件，呆站着想了一会儿，突然想到那课件还在家中电脑桌面上，忘了拷进来了。顿时蔫了，无比郁闷。学生们还在台下七嘴八舌地说："老师你好悲摧啊！""你太粗心啦！"

早上做操，做跳跃运动时，站在队伍最前面的小鹏同学跳着跳着，裤兜里跳出一堆游戏卡来，撒了一地。"这下好嘞！这下好嘞！"我和数学老师、英语老师异口同声地说。他的脸涨得红红的，想捡，又缩回手去，犹豫了一下，还是接着跳了，哈哈。

学生在作业本上用"好像"一词造句："早晨，我们背起书包上学，那表情好像马上要自杀似的；老师们的表情阴险，好像已经做好了要虐待我们的准备。"

期末真是多事之秋。老张是教英语的，考卷批完后，有个男生偷偷潜入她的办公室，把卷子上的六十四分改成了八十四分。可是他没想到的是，张老师的电脑里还有一份成绩记录，他没改过来。孩子，你还是段位不够啊。不过张老师和王老师都希望此事能激发你立志成为黑客高手。

2002 年的春天，我还是个实习老师，有一天走进那所学校的图书室，见四下无人，只有满架子成排的沉默的书，大大的黑板上，就写了一句话："窗外有风轻轻吹过。"十几年了，见到过那么多墙上的标语，都没这句话在当时那么打动我。不知道是哪个老师的手笔，我想也会有学生和我一样，一直记得那个春天里的图书室。

每年六一儿童节，各校会在市中心广场举行义卖活动。前年春天，我给每个班都发了花种，请孩子们回家去种花，等到六一广场义卖那天，把花再带来，卖个好价，也算一番心意。想象中这么浪漫的事，等两个多月后，六一儿童节那天，却发现学生带来的花，都是瘦不拉叽、弱不禁风的样子，最后大甩卖到五毛钱一盆，还是别人勉强买的。

看到我手里拿了包果珍，所有的小孩都冲到跟前，各种矿泉水瓶、水杯都举到了我的鼻子下："我要我要！""我也要我也要！"连还有中午吃剩饭菜的塑料汤盒都拿过来了。他们推来挤去："你插队！""我才没有！"科科飞快地喝完一杯，又冒充没领到的，还挤在队伍里，结果被举报："你已经喝过了，你还来讨！"他嘿嘿笑。

今天忙碌得很，上午带文学社去参观报社，集合时间潇潇："以后想做记者吗？"她摇头："不想，我长得太黑了，别人不会理我的。"中午在报社食堂吃了饭，她便改了主意："王老师，我现在想当记者了，因为中午有大排，还有鱼，比在学校里吃得好！”

遇到过口吃的学生吗？我的办法是，首先要做这个学生的坚定后台，谁敢欺负，就严厉批评。如屡批不改，就在全班面前罚他，必须震慑住他，即便他心里还是看不起这个同学，也不许表现出来。然后在课堂上，多把回答简短问题的机会留给他。他回答的时候，别人不许插嘴，要耐心等他说完，如回答正确，则积极鼓励。

十年前教过一个女学生，羞怯内向，不太说话。父母开了家小杂货店，一家吃住都在店里。我去家访时，她父亲一定要留我吃晚饭。这是我唯一一次留在学生家吃饭。忘了那天有什么菜，只记得房间简陋拥挤，但温馨，“草草杯盘共笑语，昏昏灯火话平生”。事后聊起，有人说，吃这种不值钱的饭，有失身份。我想她不知人情珍贵。

老师在课堂上有一招很厉害，叫“隔空背对猜人大法”。当老师对着黑板写板书，台下学生忍不住窃窃私语的时候，老师能从密集的各种声调里敏锐地听出其中一两个学生的声音，不要转身，继续气定神闲地写板书，同时淡淡地说一句：“周小毛，你跟王大壮聊累了，就喝口水吧。”保证台下一片震慑性的寂静。

我所期待的学生生机勃勃，热爱生活，目无权威，勇于质疑，享受思考，乐于探讨，豁达宽容，心怀悲悯。

一个男生偷偷跟我说：“王老师，等下上课的时候，你不要叫我站起来回答问题好吗？”“为什么？”我奇怪地问。“因为，我的裤子后面破了一个洞，正好在屁股这个位置上。”他不好意思地说。

她的作业还是做得不好，尤其是阅读题。我批评她：“太不用心了。”她低头不语。我越发生气：“放学后我去你家！”她低低“嗯”了声，过会儿，涨红着脸说：“你明天来好吗？”“咋？”我问。“我有个笔记本，每天都对学习做总结。忘在家了。我想整理好了给你看，我其实一直在努力。”她说，眼泪快掉下来的样子。

一个老师的自我批评：假装很慷慨地请学生吃糖，说是给他们的奖品，其实是自己不想吃了；遇到学生来问我也不认识的字，就号召全班进行查字典比赛，谁先把这个字查出来就读给大家听，然后我夸他查字典真熟练；让学生帮我登记分数、收饭票、查作业收齐了没有，美其名曰“争当小老师”，实则就是自己想偷懒。

学生造句，“虽然……但是……”：虽然我很爱钱，但我从来不节约钱，反而大大咧咧地花钱。“不也……不也……”：我成绩很差，我不也活着吗？不也每天过得很开心吗？“不管……也不……”：不管我死不死，也不能让爸妈比我先死。

中午看到两个小孩分可乐。一罐可乐，两个塑料杯，先在两个杯中小心倒了小半杯，然后谨慎又严谨地添加，这杯加几滴，那杯加几滴，还得低下身来，让视线与可乐线平行，仔细审查一下是不是一般高，像做科学实验那样一丝不苟。旁边那个孩子也没放松，两眼紧盯着他的操作。终于分好了，两个人珍惜地小口喝着。

想起小潘，那个已经转学三年的男生。记得有一天放学后，我留他辅导功课，跟他开玩笑：“我又要为你加班了！你打算怎么报答我啊？”他想了想，说：“老师你有灰指甲吗？我哥哥开了家店，专治灰指甲，你去的话，给你打折。”

暑假作业的其中一项是“学一样新本领”。开学后，班里进行了汇报和展示。学生们最集中的新本领是游泳，还有做菜、做甜品、学做收银员什么的。轮到小方汇报了，这个全班最高的男生不好意思地说：“那个……我练的新本领……是学女人唱歌。”此言一出，全班爆笑，然后他上台唱了一段《新贵妃醉酒》。

教学楼西边的楼梯平时不大有人走，昨天路过时，看到隔壁班的男生穿着小红短裤，光着两条腿，站在楼梯上，手里拿着刚脱下来的裤子，正翻来翻去地看。“你怎么在这里脱裤子？”我吃惊地问他。他看到我，不好意思地笑笑：“早上太忙了，裤子穿反了，才发现……”

昨天放学时小袁的书包被盗。今早，我碰到科科，问他是否了解内幕，他一脸无辜地说不知道。我见他诚恳，就没盘问。然而我接到爆料，说有人昨天看见科科摸过小袁的书包。再叫来问，用上我犀利的目光逼问法，他终于心理防线崩溃，招认了。问及原因，原来小袁平时胆小内向，在班里要是受点儿欺负也不敢跟人对抗，就请了很能打架的科科来做保镖，被人欺负时能出面帮他挡一下。但是小袁拖欠了报酬没给，科科就索要零食作为报酬。索要不成，他就把小袁的书包藏起来，以示报复。我让科科把书包从放扫帚的柜子里拿出来还给小袁，对他说：“保护弱小的同学是件光荣的事，是男孩子应该做的，你应该站出来主动维护正义，不计报酬。当然，小袁同学言而无信，也是不对的。”

出差一周，回来后发现班里的畚斗柄断了。我让学生写字条上来，犯事的自己认错。小方在字条里承认拿着畚斗跟同学打闹，弄断了。我说你能承认错误，我给你八十分；如果一开始你就主动找我说明，给九十分；如果当时畚斗柄断后，你能主动修好或赔偿，那给你一百分。他点头，说能否不告诉家长，他自己处理。我同意了。第二天下午就发现教室后面放了个全新的畚斗。我叫来小方，表扬他说到做到有诚信。然后我又问他，没跟父母说，那买畚斗的钱是哪里来的？他迟疑了一下，告诉我，是从中午的饭钱里省下来的，买完畚斗只剩两块五毛钱了，就买了两个包子吃。“是不是没吃饱？”我有些不安和抱歉。他连声说着没关系就跑开了。

这学期小朱以最高票当选班长，我有些意外。论成绩，他并不拔尖，在班上属中游；论个性，不是那种有魄力有气场的男生，略显内向。今天发练习卷，我挨个儿发到他们手里，发现其他学生拿到卷子后就放在自己桌上，只有小朱，拿到卷子后先递给同桌女孩，然后再拿给自己。虽是细节小事，也很见绅士风度，让我颇受感动。

课代表反映早自修纪律不太好。把几个带头的名字一报，果然，又是那几个。“你们给我些建议，该怎么办好呢？”我问学生。“设个懒人组，让他们坐一起去。”有人说。学生们笑了，有人同意有人反对。反对者说：“这样会让他们觉得丢脸，不好。”“对。”我说，“批评不是为了羞辱。”他们若有所思地点头。

这天做操的时候，我走在队伍旁边巡视，看到一个男生的眼睛边黏糊糊的，便提醒他：“哎，你有眼屎！”他对我呵呵一笑，说：“是啊，因为我没洗脸嘛。”同学，你好坦率！我问他：“为什么不洗脸？”他答：“睡懒觉，所以没空洗脸了。”

科科被告状，说他打潇潇，还把她打哭了。我很意外。科科确实骁勇好斗，但他也鼓吹好男不跟女斗。我叫来问话。他翘着嘴巴过来的。才问两句，他就眼圈发红，然后掩面哭起来，抽抽搭搭地说：“老师，我现在情绪太激动了，等平静下来再跟你说吧。”终于等到他平静下来了，我知道了事情的原委：科科平时爱捉弄同桌女生冰冰，这天趁冰冰不注意，去踢她的屁股，被她打了一巴掌。科科挨了打，正在气头上，看到一旁的潇潇那种“你被女生打了，哈哈哈”的眼神，他就冲过去把潇潇打了。“可是我当时并没有这个意思，我只是听到你们那里有动静，所以才看过来啊。”潇潇委屈地叫起来。科科无言以对。

我是个笑点很低的老师，要板下脸不笑场挺不容易。以前有个一年级的男孩，个子很小，圆脸大眼，懵懵懂懂，很可爱。他被我叫来批评的时候，头低低的，不敢抬起来看我，但又很想看看我是不是真生气，就低着头翻着白眼来看我，还一边吸着鼻涕。我咳嗽一声，转过身去，拼命想忍住笑，怕出声，只好捏住鼻子。

老教师说，如果你穿了件特别的衣服（特好看或特怪的），最好在上课前去班里晃一晃，让学生先看看，免得上课的时候他们只看你的新衣服，忘了听课。我今天呢，不仅穿了新衣服，还换了新发型，长发剪掉了。所以一早鼓起勇气进教室让他们先适应适应。他们哇地叫起来，其中一个问："老师，你戴了假发吗？"

小方头发挺长的，我提醒他该去剪啦。他答应了声，第二天说下雨不方便去剪，第三天说作业多没来得及，直到今天，上学时果然剪过发了，但明显垂头丧气。我问其他男生："你们想留长发吗？"让我惊讶的是，他们纷纷点头。"想留多长呢？"我问。浩楠指了指鼻子："留到这里那么长。"那……是非主流造型?

昨天中午，学生跟我说天伦找不到了。我到处找，都不见人。我担心起来，正要给他爸打电话告知，一个学生突然叫起来：

“看！他在四楼！”我抬头看去，只见他飞快地把脑袋缩了回去。下楼后，他耷拉着脑袋说，因为不想订正作业，所以先是躲在一楼厕所，后来又去四楼转悠。任课老师很郁闷：“我对他不凶呀。”

小马不知道从哪里弄了枚针来，把它插在塑胶跑道上，我差点儿踩到它。“当心！”他大叫。我赶紧收住脚，正想生气地批评他，转念一想，还是问问原因吧。“为什么把针插在这里？”我问他。“我想做个日晷，像古人那样看时间呀。”小马真诚地回答道。

学生抱怨：“王老师，我们班的 QQ 群里有家长潜伏，害得我们都不能随便说话了。昨天有个同学的妈妈在群里对我们说：‘大家别聊了，快去做作业吧。’”我笑笑说：“那让管理员处理一下好啦。”他们像得了尚方宝剑般叫着“好呀好呀”就跑走了。晚上登录了下 QQ，系统发来通知，果然有人被踢了。

最近班里偷偷吃零食的学生又多起来。被我问话后，他们抱怨下午容易饿。我觉得有道理，就叫生活小管家准备个大袋子，学生可带饼干面包，到校后上交，下午饿了可去拿。学生们今天纷纷带了吃的，竟然还有带话梅的，这能解饿吗？

另外，上午课间，小管家离开了座位一会儿，就有人去偷吃了。小孩终究是小孩啊。

今天很冷。在操场做操的时候，看到隔壁班一个女孩子穿着粉红色的 Hello Kitty 的棉袄，就对班主任说："小姑娘穿粉红色，蛮好看的嘛。"班主任压低声音对我说："老师送的。她妈妈前段时间癌症去世了。"我走过去，看着她被风吹乱的头发，不知道说什么好，伸手摸了摸她的小脸。她平静地对我微微笑了笑。

小孩有时会干点儿莫名其妙的事。比如有学生来举报，说有人在他课桌上刻字"××是个白痴"。我看这字似曾相识，但因是圆规刻上去的，不能确认。我严肃地对学生们说，我能认出全班的字迹，所以我一看就知道是谁干的了，限放学前来自行认错，不然这桌子两百块钱卖给他。放学前真有人来认错，就是报案人自己。

期末阶段，学生和老师都到了抓狂的地步，必须靠相互比惨才能支撑下去。学生之间："我有三张试卷要做！还好作文不用写！""哇，你们好幸福！我们班做四张！好惨啊！"老师之间："气死我了！居然有三个不及格！教了那么多遍还不会！""唉，你看看我这沓试卷吧，六个不及格，比你惨多了吧！”

小褚告诉我，本班和隔壁班常相互炫耀和倾轧：“我们课文比你们上得快！”“有啥了不起的，我们作业比你们少！”“我们能带玩具！”“你们是偷偷带的，我们能带饼干，还可以吃，是老师同意的！哼！”“这次英语考试成绩，你们还不知道，我们班已经知道了！”“那是因为你们考得差，给你们多点儿接受的时间！”

去家访。十二岁的男孩源源是我的学生，带着六岁的妹妹从外面回家来。妹妹扎着两个冲天小辫，正津津有味地捧着一包薯片吃，看到我，害羞地躲在哥哥身后。妈妈有点儿不高兴，说：“又是你给妹妹买的？”源源低头笑笑，不好意思地点了下头。不知怎么的，这一幕很打动一旁的我。

家访了十户学生，谈哭了两个家长，做妈妈的比较多愁善感吧。本来是聊些家常话，说着说着，觉得自己在情感或物质上很亏欠小孩，一时伤感，就哭了。有个学生住的靠近郊区，来带路时，难为情地对我说，他家房子非常小。到了出租房，真的很小很简陋。我说，没关系，房不在大，整洁就好。莫欺少年穷，人生不会败在起跑线。

约谈了某女生的妈妈，这个孩子平时很出色，最近懒散起来，我想跟家长聊聊。她妈妈热情地接受约请，到了我所在的二楼办公室。她说孩子要面子，能否不在教室门口谈。我说当然，我安排了三楼小房间谈。她说她从另一边偏僻的楼梯上去，不经过我们班教室，免得孩子见她来学校觉得难堪。我很为这份细心感动。

昨天有女生悄悄对我说："老师你对我们太好了，该凶一点儿，大家才会怕你。"我很纳闷："我上午刚批评了两个没交作业的同学，不够凶吗？""不够。"她说。下午又有人捣蛋，我还真大大发了回飙，全班鸦雀无声。今天全班作业都交齐了，我觉得欣慰又悲哀，我对他们说："我不想很凶，让我们好好说话吧。"

学校给每个班都发了些跳绳，让学生们加强锻炼。小柯来告状，说科科把一堆绳子放在她头上。我让她去把科科叫过来。不一会儿，科科就垂头丧气地到我办公室了。"干吗把绳子放女生头上？"我问。"这个……"他吸了吸鼻子，小声说，"因为我想让她扮演美杜莎……"我正喝着水，忍不住笑喷了出来。他也跟着笑了起来。

小女生悄悄来问我，跟好朋友闹别扭，要绝交了，可怕她一生气把秘密说出去，咋办？我问是什么秘密。她凑近我，害羞地说，把自己喜欢哪个男生以及自己来了例假这两个秘密告诉朋友了。我对她说，这两件事都不是见不得人的坏事，你不在乎，就不会成为威胁。其次，君子绝交，不出恶声，这正是考验人的好机会。

有些小孩，他们的心态是这样的：你对他说，把这段话背出来，明天要检查，不然罚抄十遍。他们答应了，但不会去背，因为明天是很远的，起码比当下要远，只要当下可以去玩，他们就会把明天搁到一旁，宁愿明天到了再说。我采访过好多学生，都是这样。小孩考虑问题的思路跟我们大人是不一样的。

一天活动课上看到个一年级的小女孩很认真地在地上爬，努力地用膝盖踏着地，地面上留下一圈淡淡的水渍，就像蜗牛爬过一样。“干吗呢？快起来呀。”我对她说。旁边的学生告诉我：“她的棉裤湿了，她正在爬干。”

今天下雪了，鹅毛大雪。下课的时候看到几个小孩一溜儿地站在走廊上，伸着脖子，仰着脑袋，舌头伸得老长。看到我走过来，几个女生跳着叫着，围着我说：“王老师！我们在吃雪！我们在吃雪！”“好吃吗？”我问。她们激动又幸福地回答：“好吃！很好吃！”

这学期，每班都发到了些崭新的活动器具，其中当数羽毛球拍最受欢迎。我宣布下周将举行羽毛球争霸赛。“不过，得一男一女组队，混合打。”我补充道。台下顿时一片嗷嗷声：“不行啊，男女混合打会被传绯闻的！”小屁孩，讲究还不少。我冷冷地说道：“不接受规则，可以不参加。”然后潇洒地走出教室。

男生的友谊有时真的有点儿奇怪。比如今天早上，下着大雨，我走到学校附近，发现天伦正站在路旁屋檐下。他没伞，我招手叫他来伞下。他犹豫了一下才过来。我见他没背书包，就问他，他说其实早到过教室，放下书包了，然后到外面来等好朋友小方一起上学去。他一路低着头，羞答答的样子，恨不得跟我保持一米远。

潇潇说毕业那天，她一定会痛哭流涕。小婷说，她会躲在家里哭上三天三夜。我想，大概我也会忍不住吧。这是第一届由我从一年级带到毕业的学生，我看到过他们懵懂的样子，也看到他们的成长。当我老去，他们已长成这个国家的新一代公民，他们会拥有比我们现在更好的生活，即便他们忘记我，我也是幸福的。

小彤来帮同伴告状："壮壮欺负小丽，老去打她！"壮壮不服气地辩解："谁让小丽是暴力女啦？她也要打我的！"我微微一笑，说："你喜欢小丽。"他呆住了，涨红了脸说："谁，谁说的啦？没有，没有。"我继续微笑着说："因为喜欢，所以欺负。"他彻底蔫了，趴在我耳边说："那你别告诉我妈妈啊……"

小孩真是很有意思，班里的一个女生，因为妈妈怀了二胎而有些闷闷不乐，开学后，得知我也怀了二胎，马上就开心起来，一下子就彻底接纳了这个即将到来的弟妹。在小孩心里，老师做的选择，一定是无比正确无比崇高的。

凡事真是应该多关注一下问题背后的原因，比如班上有个男生，字总是写得很大，也不够端正，被我批评过好几次。今天我才知道，他不仅近视，还得滴一种眼药水，会使瞳孔变大，他晚上得戴着老花镜做作业。唉，真让我难受，后悔不该批评他。

今天带学生春游。中午休息时，我们班的一个男生用黑乎乎的小手给我剥了个茶叶蛋，热情地递到我的鼻子下来："老师，你吃！你吃！"我……真是勉为其难啊……

春天，办公室外的走廊来了两只燕子做窝。初夏时伸出了四个小脑袋。大燕终日飞来飞去找食来喂，四只小燕张着鹅黄的嘴喳喳吵着抢吃。燕窝正对着我的办公桌，学生来改作业时，总要先看看它们。校长走过来，发现地上一摊鸟粪，皱起眉来。我以为他要捅掉鸟窝，正担心，只见他拿来了个纸箱放地上，接鸟粪用，嘿嘿！

几年前的一个中午，我外出办事，在学校附近小店看到一个隔壁班的男孩子在买辣条吃。看到我，他很紧张。我得知他没有吃中饭，就批评了他，并带他去旁边吃了碗牛肉面。那个孩子低头吃面，不敢说话，吃完没说声谢谢就走了。毕业两年后，收到他的新年问候。他说，老师，你还记得我吗，我是那个不吃午饭吃辣条的男生，是你教育了我，还请我吃饭，我很感谢你，祝你新年快乐。

放学后，值日组长来汇报："老师，值日做好了。其他人都很认真，就阿华不太好。""怎么了？"我问。她郑重地回答："他扫地的时候说了九句话。"

做老师的感动点太低了，走进教室看到全班都在认真早读，就欢喜得很，觉得他们真乖，恨不得每个人都亲一下。

王老师说

读着这些片段，忍不住嘴角微扬，那些可爱又有趣的时光仿佛又涌到了眼前。

做一个儿童的观察者和记录者，是一件颇有成就感的事。因为童年实在消失得太快，那些闪亮的片段如果不被记录下来，它们就马上湮没于时间的河流中了。

然后，孩子们就长大了，再也不会跟小狗说话，听风唱歌了。

人类的童年时代，是一个非常浪漫的时代，大多数人的创造力，也许在那个时代才是巅峰。后来，就慢慢忘记了那些勇敢和浪漫，慢慢成了大千世界里的一粒浮尘。

我希望把他们的童年记录下来，那些调皮的天真的时刻，是一生中闪闪发光的珍珠。

让孩子记得自己的童年，也让更多大人想起自己的童年。

多么美好！

后记

六年前，我写了《我们的天真填满整个宇宙》这本书，六年后的今天，在此基础上，我新创作一些内容，出版了这本《孩子，我完全相信》。

时间过得真快，一晃六年过去了，当年的科科、诗人宇、可可、大头妹等，都已经是风华正茂的大学生了。

这六年里，我依然做班主任，依然教语文。坐在台下的面容变了，我接了新的班级，认识了新的小朋友。

对我来说，工作的每一天过得既一样，又不一样。说一样，是这份工作的本质不变，班主任的日常，永远都是开心与烦恼交织，经常遇到失望，但永远充满希望；说不一样呢，因为孩子个体不同，教室里发生的故事不同，我也不能一直以老经验老办法去处理问题。这是一个很有挑战的事，但也很有意思。

我还是喜欢写下这些平凡日子里的故事，既是记录孩子们的童年，也是记录自己的工作心路。海浪不断涌上来，拍打在岸上，想抹去那些沙滩上的足迹，但只要把它们写下来，就会一直被记得。

被记得又有什么意义呢？我也说不好。我有种模糊的直觉，我觉得这些感动过我的故事，这些关于孩子的真实案例，应该被更多的人知道，让更多的大人来了解童年，了解孩子。

《孩子，我完全相信》一书是《我们的天真填满整个宇宙》的增补版。在保留原有内容的基础上，我加入了近年来写的一些新故事和新感想。

书被印出来，被人买回家，作者和读者或许永远没有相见的机会，但此刻，我在江南冬夜的灯下写下这篇后记，想着未来某一天，某一刻，有一个陌生的朋友会在读完这本书后露出会心的微笑，便也忍不住微笑了。

希望你在这段穿越童年的阅读之旅中有所收获。

王悦微

2020年11月29日